Lena Seidel

Ben Dover

Band 1

Codename Puppeteer

Impressum:

http://www.deadsoft.de

Cover: Joshua Bailey

Bildrechte:

Quelle wissenschaftlicher Text: wikipedia

1. Auflage
ISBN 978-3-945934-12-8
ISBN 978-3-945934-13-5 (epub)

I.

1.

Ein kräftiger Schlag hallte wie Donner in der undurchdringlichen Finsternis und riss ihn aus dem Dämmerschlaf, in den er nach endloser Zeit endlich gefallen war. Das war der Riegel der Tür gewesen! Nicht nur die Klappe, durch die ihm hin und wieder ein Tablett mit einem Becher Wasser und etwas Brot geschoben wurde, sondern der Riegel! Schon wieder! Oh nein, bitte, nein!

Ben versuchte, sich möglichst weit weg von der Tür in eine Ecke zu drücken, doch nach den ewigen Stunden in der gleichen zusammengekauerten Haltung waren seine Gelenke eingerostet und die Muskeln zu verspannt. In der nächsten Sekunde fiel gleißendes Licht in die Kerkerkammer. Ben kniff die Augen zu, das grelle Licht blendete ihn nach der Zeit in absoluter Dunkelheit. So sah er die Hand nicht, die sich um sein Sprunggelenk legte, er fühlte nur den harten Griff. Mit einem Ruck wurde er nach draußen gezogen, die Helligkeit der Deckenstrahler stach trotz fest zusammengekniffener Lider schmerzhaft in seine Pupillen und brannte sich rot in seinen Sehnerv. Er konnte nicht verhindern, dass sein Körper mit ungewollten Tränen gegen diese Malträtierung ankämpfte. Auslöser war nicht nur die plötzliche Helligkeit, sondern auch der Zug an seinem Bein; sein nackter Rücken schleifte über den rauen Steinboden und schickte Tausende Signale wie Nadelstiche an sein Gehirn.

Die Hand an seinem Knöchel verschwand, dafür schlossen sich Finger wie Stahlklammern um seinen Oberarm und zerrten ihn erbarmungslos in die Höhe. Seine Beine waren die Belastung nicht mehr gewöhnt, die Achillessehnen brannten wie Feuer, nachdem sie weiß Gott wie lange nicht mehr benutzt und damit gedehnt worden waren.

Ben hatte keine Ahnung, wie lange er diesmal eingesperrt gewesen war, und eigentlich war es auch egal – Zeit spielte hier unten in dieser Hölle keine Bedeutung.

Ein harter Stoß in den Rücken trieb ihn voran, immer noch blind und unsicher, sich kaum auf den Beinen halten könnend. Matt beschäftigten sich seine Gedanken mit der Frage, welche Tortur jetzt wohl auf ihn zukäme, andererseits entschied er, dass es gleichgültig wäre, solange sie ihre Arbeit richtig machten und ihn endlich umbrachten. Die Kopfschmerzen, die er seit seiner letzten Begegnung mit seinem persönlichen Dämon Doktor Everett Style ständig hatte, machten ihn ohnehin beinahe wahnsinnig. Eine Sekunde lang spielte er mit dem Gedanken, den Wächter einfach zu killen – seine Wut auf das Personal, das ohne Skrupel selbst die widerlichsten Befehle ausführte und einen Teenager folterte, ließ sich kaum zügeln. Doch was hätte ihm das gebracht? Nein, für eine Flucht fehlten ihm zwei entscheidende Dinge: die Kraft und der Plan.

„Dusch dich und zieh dich um. Dr. Dumont erwartet dich in einer Viertelstunde in seinem Büro!"

Was? Er wurde nicht ins Labor geschleppt? Das konnte doch nur eine Falle sein, ein weiterer Versuch, seinen Willen endgültig zu brechen. Viel fehlte ohnehin nicht mehr. Hoffnung keimte in ihm auf, er kämpfte sie nieder, so gut er konnte. Nein, es gab kein Entkommen aus diesem Wahnsinn. Diese Erkenntnis, die ihm bei Weitem nicht zum ersten Mal durch den Kopf schoss, tötete den letzten verbliebenen Rest Hoffnung gnadenlos ab und löste dafür einen Panikanfall aus. Die Kehle wurde ihm eng, er schnappte hilflos nach Luft, und trotz der Kälte brach ihm der Schweiß am gesamten Körper aus. Längst war ihm klar, dass Doc Style ihn eines Tages umbringen würde – das hatte der ihm schließlich auch angedroht. Eigentlich hatte er gedacht, sich damit abgefunden zu haben, doch jetzt überkam ihn eine so gewaltige Furcht, dass es sich nur um Todesangst handeln konnte. Dann meldete sich sein Verstand zu Wort. Doc Style würde ihn nicht in eine Falle laufen lassen – dafür machte es dem Mistkerl viel zu viel Spaß, ihn wissen zu lassen, dass er als Wissenschaftler das Leben seiner Versuchskaninchen in der Hand hatte. Nein, so ein Verhalten war nicht Styles Stil. Tief durchatmend beruhigte er sich allmählich, das unkontrollierbare Beben in seinen Muskeln ließ nach, bis er hinter sich die Wache fluchen und näherkommen hörte. Weg, er musste weg hier!

Ben stolperte vorwärts, tastete sich zittrig an der Wand entlang und wusste dabei nicht einmal, ob er überhaupt in die richtige Richtung lief. Erst als seine Fingerspitzen nach einer gefühlten Ewigkeit unter dem höhnischen Lachen des Wärters auf glattes Metall statt schroffen Stein stießen, stellte sich Erleichterung bei ihm ein. Keine Ahnung wie, aber er hatte es bis zum Aufzug geschafft. Allein.

Immer noch fast blind und mit tränenden Augen strich er mit den Fingerspitzen über die Etagenknöpfe des Aufzugs und zählte leise mit, bis er – hoffentlich – den Knopf für sein Stockwerk gefunden hatte. Erst als sich die Türen vor ihm schlossen und ihn so der Sicht der Aufpasser entzogen, atmete er auf. Jetzt konnte er nur hoffen, keinem der anderen Schüler oder gar einem Ausbilder über den Weg zu laufen. Niemand sollte ihn in diesem Zustand sehen – ein klein wenig Schamgefühl war ihm trotz der Zeit in der Einzelzelle geblieben, auch wenn es nicht mehr viel war.

Trotz des Vorschlaghammers, der erbarmungslos in seinem Kopf wütete, konzentrierte er sich auf eventuell entgegenkommende fremde Gedanken, als der Aufzug mit einem sanften Ruck stehen blieb und die Türen sich öffneten. Soweit er es *spüren* konnte, war der Gang leer.

Langsam und schwerfällig schlurfte er über den glatten Felsboden, sich dabei immer an der Wand haltend. Holz wechselte sich mit Stein ab: Der erste Eingang zu einem Privatzimmer. Dann der zweite, der dritte ... Es fühlte sich wie Stunden an, bis er endlich bei seinem eigenen Zimmer angekommen war. Und das, ohne gesehen zu werden. Glanzleistung!

Nachdem die Tür hinter ihm zu gefallen war, wagte er es, die Augen einen kleinen Spalt zu öffnen. Sofort rannen ihm ungewollte Tränen über die Wangen. Das Licht tat nach wie vor weh, allerdings nicht mehr ganz so arg wie zuvor. Vermutlich würde es diesmal lange dauern, bis er ohne Schmerzen sehen konnte.

Er nutzte die verschwommene Optik, um einen frischen Overall, ein raues Handtuch und die Duschgelflasche aus seinem Spind zu holen und sich einen Bademantel überzuwerfen. Jetzt war er wenigstens nicht mehr nackt, sondern stank nur noch zum Himmel. Wenn er niemanden zu nah an sich heran ließ, konnte er einen halbwegs anständigen Eindruck auf dem Weg zum Waschraum machen - das musste reichen.

Das warme Wasser, obwohl nur zwei Striche auf dem Wählhebel von eiskalt entfernt, biss sich wie gereizte Ameisen in seine Haut und stellte seine Nerven auf die Zerreißprobe. Nachdem er sich zum dritten Mal mit dem duftenden Gel eingerieben hatte und immer noch dreckig zu sein glaubte, griff er nach dem Wärmeregler und drehte das Wasser auf heiß. Sein schmerzerfüllter Schrei wurde von den gefliesten, kahlen Wänden zurückgeworfen und hallte ohrenbetäubend. Ben zwang sich, unter dem Strahl stehen zu bleiben, bis seine Haut leuchtend rot wurde, zusätzlich traktierte er mit den Fingernägeln die Stellen, die in Kontakt mit dem verdreckten Zellenboden gekommen waren. Als er endlich das Wasser abschaltete, waberte eine Nebelwand aus Dunst durch den Raum und hüllte ihn ein. Der Dampf hatte sich auch auf dem Handtuch abgesetzt, weshalb es nicht sonderlich viel brachte, dass er sich mit harten Strichen abrubbelte. Wenigstens stellte sich allmählich das Gefühl ein, sauber zu sein. Nicht mehr tropfnass, aber auf keinen Fall wirklich trocken, quälte er sich in den ebenfalls feuchten Overall. Der Stoff klebte an seiner Haut und machte jede Bewegung zu einer unangenehmen Sache. Egal, er würde schon irgendwann trocknen.

Kurz überlegte er, vor seinem Termin bei Dumont noch einen Abstecher in die Krankenstation zu unternehmen – seine Kopfschmerzen ließen einfach nicht nach. Doch damit würde er den Chef des Instituts unnötig verärgern und er hatte bei Gott keine Lust, deswegen gleich wieder ins Loch zu wandern. Äußerst unmotiviert machte er sich auf den Weg; Bademantel, Handtuch und Duschgel ließ er auf dem Boden des Waschraums liegen. Mit jedem Schritt wuchs Übelkeit wie ein heißer Ballon in seinem Magen an. Ob sie jedoch von seinem hämmernden Schädel herrührte oder eher von dem Gedanken, gleich einem der beiden Männer gegenübertreten zu müssen, die er hasste wie nichts anderes, konnte er nicht entscheiden. Der Weg hinauf ins Haupthaus weckte Erinnerungen, auf die er lieber verzichtet hätte, genau wie der Anblick des dunklen Eingangsportals. Wut, Verzweiflung und abgrundtiefer Hass flammten in ihm auf. Bevor er einem dieser Gefühle nachgeben konnte, klopfte er an die dunkle Holztür und vernahm beinahe im gleichen Moment ein gedämpftes „Komm rein!". Unwillkürlich zitterte seine Hand, als er die Klinke nach unten drückte. Das Zittern wuchs sich zu einem regelrechten Beben aus, während er das Büro betrat und Dr. Dumont gegenüberstand.

„Setz dich, Ben." Die Aufforderung drang schwer durch das Hämmern in seinen Ohren, das von rasendem Herzschlag stammte. Mit aller Beherrschung, die er aufbringen konnte, machte er die wenigen Schritte auf den Schreibtisch zu und setzte sich auf den Stuhl davor.

Dumont blätterte geschäftig und schweigend in einem dünnen Ordner, und Ben widerstand der Versuchung, entweder dem Kerl jetzt und hier eigenhändig den Hals zu brechen oder einen Blick auf die Papiere zu werfen. Die Zeit schien sich ins Unendliche zu dehnen. Endlich klappte Dumont die Mappe zu, musterte Ben herablassend und sagte: „Du scheinst dich recht gut von deiner letzten Erziehungsmaßnahme erholt zu haben. Deine Nase ist fast nicht mehr geschwollen und die Schrammen im Gesicht sind verheilt.“

Ben klammerte sich am Stuhl fest, um sich selbst davon abzuhalten, aufzuspringen und doch noch eine Dummheit zu begehen. „Haben Sie mich nur rufen lassen, um meinen Gesundheitszustand zu prüfen?“

Dunkles Lachen. „Nein, denn das ist mir herzlich egal, wie du weißt. Eigentlich war geplant, dass du da unten bleibst und den Tests von Dr. Style zur Verfügung stehst, bis Ostern auf Weihnachten fällt.“

Ben biss die Zähne zusammen. Erneut wallte Wut in ihm auf, diesmal über Dumonts selbstgefälligen Ton. Nur nichts anmerken lassen, Dumont roch Angst oder Zorn wie ein Jagdhund – und diese Genugtuung wollte er ihm nicht geben. Immerhin hatte ihm Style ja angedroht, ihn zu Tode testen zu wollen.

„Was hat sich geändert? Ich lebe schließlich noch.“

„Die Chefs stellen ein neues Team auf. Du wurdest angefordert."

Es dauerte, bis Ben den Sinn der Worte begriff, doch als er verstand, was Dumont ihm damit mitteilte, riss er die Augen auf.

„Was? Ernsthaft? Wann?"

„Jetzt."

Dr. Dumont warf ihm einen großen braunen Umschlag über den Tisch zu, fast so, wie man einem Hund einen Knochen hinwirft. Ben schnappte sich das Kuvert, öffnete es und schüttelte den Inhalt heraus. Ausweis, Führerschein, Geburtsurkunde und Reisepass rutschten über die blank polierte Platte.

Er konnte es nicht glauben. Glückshormone überschwemmten seinen Körper, bis ihm schwindlig wurde. Er kam hier raus! Nach beinahe elf Jahren konnte er das MorningStar Institut verlassen! Dabei hatte er bereits die Hoffnung aufgegeben, dass das jemals passieren würde!

Er schnappte sich den Ausweis und starrte fassungslos auf das Bild eines hübschen jungen Mannes. Tatsächlich, sein Gesicht. Wann war das Foto aufgenommen worden? Egal. Seine Augen huschten über das Dokument, bis sie am Namen hängen blieben. War das Dumonts Ernst? Ben ... Dover?

„Zieh dich um, pack deine Sachen und melde dich anschließend an der Pforte." Die kalte Stimme riss ihn aus seinen Überlegungen. Wie in Trance nickte er, erhob sich und verließ das Büro. Schlagartig war jede Müdigkeit von ihm abgefallen, er rannte den Weg durch die kahlen Gänge zurück zu seinem Zimmer. Er kam sich vor wie in einem Traum und zwickte sich, um sicherzugehen, dass er wirklich wach war. Unmöglich, das war schlicht und ergreifend unmöglich! Noch während er rannte, zog er den Ausweis aus dem Umschlag und warf einen raschen Blick darauf. Das Ding sah tatsächlich echt aus – und es fühlte sich auch echt in seiner Hand an. War das in einem Traum möglich?

Ben erreichte sein Zimmer völlig außer Atem. Die lange Zeit in der Einzelzelle zeigte ihre Spuren ... Dennoch gönnte er sich keine Pause und lachte immer wieder auf, während er die wenigen Sachen, die er besaß, hastig in einen Rucksack warf.

Viel gab es nicht mitzunehmen. Die Einheitsklamotten ließ er im Schrank hängen, seine einzige Jeans zog er an. Ebenso ein T-Shirt, die anderen beiden wanderten in die Tasche. Unterwäsche, Socken, vier Bücher, Waschzeug, dann zog er den Reißverschluss zu und hängte sich einen der Riemen über die Schulter. Barfuß stieg er in die Sneaker, die ihm fast schon zu klein waren, und öffnete die Tür. Vom Gang aus warf er einen Blick zurück in das Zimmer, in dem er die letzten paar Jahre gelebt hatte. Das Bett, ein minimalistischer Schrank, das Waschbecken mit Spiegel, eine Leuchtstoffröhre, deren kaltes Licht ihn immer halb wahnsinnig gemacht hatte, und das Regal, auf dem seine Bücher gestanden hatten. Mehr gab es nicht. Nichts von alledem würde er vermissen. Im Gegenteil: Wohin ihn sein Weg von nun an auch führen mochte, es würde überall besser sein als hier. Das Institut war die Hölle auf Erden und Style der Teufel persönlich, zusammen mit Dumont. Solange er diese beiden Männer nicht mehr um sich zu haben brauchte, konnte es nur bergauf gehen. Mit entschlossenem Schwung knallte er die Tür zu, drehte sich um und lief los.

Ein junger Typ saß in dem verglasten Pfortenhäuschen. Ben kannte ihn vom Sehen her, früher war er ebenfalls Schüler in diesem Institut gewesen. Nachdem er allerdings hier zum Wachdienst eingesetzt wurde, konnte er nicht sonderlich gut gewesen sein. Kein Wunder also, dass Ben sich nicht an den Namen erinnern konnte.

Er steuerte auf den Wachmann zu, als ihm Dumont den Weg versperrte. Ben blieb wie angewurzelt stehen und starrte ihn entgeistert an. Der Kerl war sein persönlicher Albtraum. Wieder schlug ihm das Herz bis zum Hals, Angst schnürte ihm die Kehle zu. Wollte Dumont ihm jetzt ins Gesicht lachen und ihm erklären, dass das alles nur ein Scherz gewesen war und er sich gefälligst wieder bei Doc E. Style melden sollte? Zuzutrauen war es ihm ... Ben hatte keine Ahnung, wie er in einem solchen Fall reagieren würde. Wahrscheinlich würde er den alten Mann schlichtweg umbringen.

„Ich möchte mich von dir verabschieden“, erklärte Dumont, und Ben atmete auf. „Mach uns keine Schande, Puppeteer. Wenn du deinem Teamleader nicht gehorchst, bist du schneller wieder hier, als du es für möglich hältst.“

Na, *das* würde er zu verhindern wissen!

Auf Dumonts Nicken hin schwangen beide Flügel des schweren Portals auf. Das Licht der untergehenden Sonne flutete die Halle. Ben schloss die Augen, sog tief die frische

Luft ein, die nach Freiheit roch, und machte einen großen Schritt hinaus. Die drei steinernen Stufen, die zum Haus führten, hatte er zuletzt vor etwa elf Jahren gesehen, wenn er auch oft von ihnen geträumt hatte. Er blinzelte ins Abendrot, bis er einen schwarzen Wagen auf dem Parkplatz erkannte. Das war dann wohl sein Transport fort vom Schlund der Hölle ... In seinem Magen kribbelte es aufgeregt, als er die Treppe nach unten stieg und auf das Auto zu ging.

Die Fahrertür ging auf, der Fahrer stieg aus. Und Ben glaubte, seinen Augen nicht zu trauen.

„Vincent?"

Fassungsloses Auflachen löste sich aus seiner Brust, er rannte auf den Mann zu und sprang ihm förmlich in die Arme.

„Du bist es wirklich!"

„Ich habe dir doch versprochen, dich rauszuholen. Es hat nur ein bisschen gedauert."

Ben lachte und schüttelte gleichzeitig den Kopf.

„Du bist unglaublich, weißt du das? Ich bin verdammt froh, dich zu sehen!"

„Steig ein, ich will nicht länger hier bleiben, als unbedingt nötig. Alles Weitere erzähle ich dir auf der Fahrt."

„Wohin fahren wir?"

Erst als sie beide im Wagen saßen und der Motor aufbrummte, antwortete Vincent.

„Wir fahren erst mal in meine Wohnung. Ich habe von den Oberen die Anweisung, meinen Partner, also dich, auszustaffieren und ihm den letzten Feinschliff zu verpassen."

„Da wird es nicht mehr viel zu Schleifen geben."

Ein skeptischer Blick aus tiefdunklen Augen streifte ihn.

„Deine Selbstüberschätzung hat dich früher schon in Schwierigkeiten gebracht."

Ben grinste, machte es sich in seinem Sitz bequem und schloss die Augen. Es hatte lange gedauert und er hatte fast schon aufgegeben, doch nun, mit siebzehn Jahren, begann sein Leben wirklich.

*

Es wurde schon wieder hell, als Vincent den Motor abstellte und Ben damit aufweckte.

„Komm, du Schlafmütze, wir sind da."

Ben gähnte und rieb sich die Augen, ehe er sich umschaute. Sie parkten vor einem lang gestreckten Gebäudekomplex mit kleinen, aber gepflegten Vorgärten vor jeder Tür. Auf dem Gehweg drehten einige Jogger in knallbunten Trainingsanzügen ihre Runden.

Vincent stieg aus und wedelte mit ungeduldiger Handbewegung zu Ben.

Jetzt mach endlich! Bist du immer so lahm?

Ben grinste über die Hektik.

Ich komme ja schon ...

Seine Beine waren steif vom Sitzen, die Knie knackten, als er sich aus dem Auto wuchtete. Rasch griff er seinen Rucksack, schlug die Autotür zu und hastete hinter Vincent her. Der öffnete gerade eines der niedrigen, einheitlichen Türchen, die in regelmäßigen Abständen den durchgehenden, weißen Zaun unterbrachen, und gab damit den Zutritt zu dem kurzen, gepflegten Pflasterweg frei.

Einmal mehr grollte sein Pulsschlag wie Donnerhall durch seine Gehörgänge und übertönte sämtliche Umgebungsgeräusche. Ben beobachtete, wie Vincent die Lippen bewegte, doch was sein Leader, Partner ... Freund sagte, drang nicht durch den Aufruhr in seinem Inneren.

Du siehst aus wie ein geschlagener Welpe.

Die warme Stimme in seinem Kopf milderte seine Nervosität, minimal zwar nur, aber besser als nichts. Er spürte, wie sich seine Lippen zu einem schwachen Lächeln verzogen.

Geschlagener Welpe. Allein dieser Terminus weckte Erinnerungen, schöne wie schreckliche. Früher oder später würde er sich ihnen stellen müssen, aber jetzt war nicht die Zeit dafür.

Er folgte Vincent, blieb einen Moment vor der Wohneinheit stehen und betrat entschlossen sein neues Domizil. Die Tür klappte hinter ihm zu – zum ersten Mal hatte er nicht das Gefühl, als würde dieses Geräusch ihn seiner Freiheit berauben – und ehe er es sich versah, umfingen ihn kräftige Arme und drückten ihn gegen Vincent. Er erwiderte die Umarmung und schmiegte sich an die muskulöse Brust, lehnte den Kopf an die Schulter und schloss die Augen.

„Ich habe dich so vermisst!“

Weiche Lippen streiften sein Ohr, warmer Atem strich über seine Haut. Und Vincent sprach genau die Worte aus, nach denen Ben sich endlose Jahre gesehnt hatte. Ein Finger unter seinem Kinn hob zärtlich seinen Kopf an, das lang entbehrte Gefühl eines Kusses prickelte auf seinen Lippen. Genießend schlang er die Arme um Vincents Hals und konterte das leidenschaftliche Zungenspiel. Vertraute Nähe, vertraute Wärme, vertrauter Geschmack. Vertraute Empfindungen, an die sein Körper sich prompt erinnerte.

Langsam klang der Kuss ab, Vincent zog den Kopf zurück, gab ihn aus seinem Griff frei und grinste.

„Später gibt's mehr. Ich zeige dir die Wohnung und dann organisiere ich uns was zum Essen. Ich bin am Verhungern."

Die Führung durch die wenigen Räume war rasch erledigt. Den größten Teil des Hauses bildete das Wohnzimmer, von dem aus man in zwei Schlafzimmer, das Bad, die halb offene Küche und ein kleines Zimmer gelangte, das als Arbeitszimmer fungierte. Die Einrichtung war modern und geschmackvoll, genau so, wie er es von Vincent erwartet hatte. Kein Palast, aber geräumiger und luxuriöser als alles, in dem er bisher dahinvegetiert hatte.

Erschlagen von den ganzen Eindrücken ließ er sich auf die Couch fallen und beobachtete Vincent über den Küchentresen hinweg. Es dauerte nicht lange, bis der neben ihm saß und zwei Tassen mit dampfendem Kaffee auf dem Tisch vor ihnen standen. Ben lehnte sich vor, nippte an seinem Getränk und sah anschließend seinen Partner an.

„Warum zwei Schlafzimmer?"

„Weil du garantiert eine Rückzugsmöglichkeit brauchen wirst, in der du allein sein kannst."

„Ich war die letzten zwei Jahre allein."

Vincent streckte die Hand aus und fuhr ihm sanft durch die Haare. „Vertrau mir einfach."

„Das habe ich schon immer getan."

„Und habe ich dich je enttäuscht?"

Für den Bruchteil einer Sekunde biss Ben die Zähne aufeinander. Nein, er würde Vincent jetzt nicht erzählen, wie enttäuscht er gewesen war, als er feststellen musste, dass sein Freund das Institut verlassen hatte – ohne ihm zuvor auch nur einen winzigen Hinweis auf die bevorstehende Trennung zu geben oder sich gar zu verabschieden. Stattdessen schüttelte er schwach den Kopf und ließ sich an Vincent ziehen. Wenn er ehrlich war, hatte er ihm diesen Verrat gerne verziehen, nachdem er eine gewisse Phase des Beleidigtseins hinter sich gebracht hatte. An Vincents Stelle hätte er bestimmt ebenso gehandelt, wenn er die Chance dazu gehabt hätte. Er mochte vielleicht nachtragend sein, jedoch wäre ihm das nie seinem Partner gegenüber eingefallen.

Vernehmliches Magenknurren unterbrach sowohl seine Gedanken als auch das sanfte Streicheln über seinen Rücken. Passend dazu piepte irgendein Gerät in der Küche. Vincent richtete sich auf.

„Unser Essen ist fertig. Hotdogs sind doch okay, oder?"

„Klar." Alles war besser als das geschmacklose Einheitsfutter, von dem er sich zwei Drittel seines Lebens hatte ernähren müssen.

Vincent erhob sich und kehrte mit zwei Tellern zurück, wobei Ben sich die Frage verkniff, warum er dazu aufstand. Allerdings wollte er nicht zu neugierig erscheinen, Vincent hatte sicher seine Gründe. Eventuell kam hier auch die Erziehung des MorningStar zum Tragen – wer zu viel fragte, machte sich sehr schnell extrem unbeliebt.

Nachdem sich Vincent wieder neben ihn gesetzt hatte, zeigte sich jedoch, dass er in Ben anscheinend immer noch lesen konnte wie in einem offenen Buch.

„Man kann nie wissen, wer ..."

„... einen beobachtet. Lektion eins, schon klar", fiel Ben ihm ins Wort und grinste, schnappte sich einen der Hotdogs und biss herzhaft hinein, ohne darauf gefasst zu sein, dass das Brötchen samt Wurst und Soße kochend heiß war. Noch während er den Brocken in seinem Mund hektisch herumwälzte, um sich die Zunge nicht noch mehr zu verbrennen, öffnete sich in der Küche eines der Schränkchen wie von Zauberhand, ein Glas schwebte heraus. Kurz hörte er Wasser rauschen, dann kam das Glas auf ihn zu geflogen. Dankbar pflückte er es aus der Luft und stürzte den Inhalt in einem Zug hinunter.

„Du hättest mich vorwarnen können!" Die Beschwerde an Vincent war ein undeutlicher Vorwurf, weil Ben dabei seine Zunge herausstreckte, um sie weiter zu kühlen.

„Tut mir leid, ich hatte vergessen, dass du nur das lauwarme Schul-Essen gewöhnt bist. Kommt nicht mehr vor."

Ben zog die Zunge wieder ein, warf seinem Freund einen „Ich-glaube-dir-kein-Wort"-Blick zu und griff nach dem Hotdog, den er zuvor einfach auf den Teller zurückfallen lassen hatte. Diesmal pustete er die Stelle an, in die er beißen wollte.

„So viel zu ‚Du weißt nicht, wer dich beobachtet‘ ...“, monierte er ironisch und erntete dafür ein lässiges Schulterzucken.

Kaum hatte Vincent den letzten Krümel verputzt, gähnte er und streckte sich mit einem tiefen Ausatmen.

„Ich gehe schlafen. Die Fahrt war anstrengend.“

„Soll ich mitkommen?“ Das klang hoffnungsvoller, als Ben es beabsichtigt hatte, und dafür ärgerte er sich insgeheim. Vincent musste ja nicht auch noch auf dem Silbertablett serviert bekommen, wie sehr er sich nach ihm gesehnt hatte.

„Jetzt nicht. Ich will wirklich schlafen.“

„Was soll ich in der Zwischenzeit machen?“

„Was immer du willst. Du kannst fernsehen oder lesen, du kannst dich auch hinlegen oder du ziehst dich um und erkundest die Gegend. Wenn du magst, kannst du dir ja schon mal überlegen, was du noch alles für dich brauchst. Du bist nicht mehr im Institut, Ben. Solange du die Arbeit, die ich dir gebe, gut erledigst, hast du niemandem Rechenschaft über deine Freizeit abzulegen.“

Diese Worte jagten einen wilden Schauer über Bens Rücken. Damit war er das erste Mal in seinem Leben frei. Oder etwas, das Freiheit mächtig nahe kam, denn im Grunde gehörte er nach wie vor MorningStar. Nicht mehr dem Institut, der Schule, stattdessen der Organisation, die dahinter stand. Augenblicklich verdrängte er diesen Gedanken in den letzten Winkel seines Denkens; er wollte sich von derartigen Tatsachen nicht die Laune verderben lassen.

Vincent verschwand in seinem Schlafzimmer und Ben blieb alleine zurück. Es dauerte nur wenige Sekunden, bis ihm einerseits langweilig wurde und ihn die ganze Situation andererseits schier erdrückte. In den vergangenen dreizehn Jahren war jede Minute eines jeden Tages für ihn verplant worden – jetzt auf einmal selbst für seine Zeit verantwortlich zu sein, war reichlich viel verlangt, fand er.

Er schlenderte ans Fenster, verschränkte die Arme vor der Brust und sah hinaus, über den Vorgarten auf die Straße. Die Jogger waren mit ihren Runden anscheinend fertig, keiner von ihnen war mehr zu sehen. Auch der wenige Verkehr hatte sich weiter beruhigt. Eine junge Frau schob einen Kinderwagen am Grundstück vorbei. Ben war bei ihrem Anblick drauf und dran, seine Fühler auszufahren, riss sich dann aber kopfschüttelnd zusammen. Nein. Das war unter seine Würde. Abrupt wandte er sich ab und ließ den Blick durch die Wohnung schweifen. Ungewolltes Grinsen zog seine Mundwinkel auseinander. Er konnte es einfach nicht glauben. Ein gepflegtes Haus, bequeme Möbel, lichtdurchflutete Räume anstatt winziger dunkler Zellen, gehauen in Fels tief unter dem Erdboden, und einer kargen Holzpritsche als Bettersatz.

Apropos Bett: Er konnte doch austesten, wie komfortabel das Bett in seinem Zimmer tatsächlich war ... Zeit dazu hatte er, solange Vincent schlief.

Vorsorglich behielt er die Zimmertür einen Spalt offen, um zu vermeiden, dass sie ins Schloss fiel und sich die Klinke als hinterhältige Fälschung erwies. Auch wenn er sich sagte, wie dumm solche Vermutungen waren, konnte er nicht aus seiner Haut. Die Angst, erneut eingesperrt und auf das Wohlwollen anderer Menschen angewiesen zu sein, ließ sich beim besten Willen nicht abschütteln.

Einen Moment blieb er vor dem Bett stehen, dann stieß er einen Jauchzer aus und sprang übermütig auf die für seine Verhältnisse fast dekadent große Matratze. Sie federte nach, war aber nicht so weich, um das Gefühl zu vermitteln, darin zu versinken. Optimal! Mit einem wohligen Seufzen streckte er sich aus, das Gesicht zur weißen Decke gerichtet, die Arme hinter dem Kopf verschränkt, und er spürte, wie langsam aber sicher ein merkwürdig diffuser Druck von ihm abfiel. Seine Gedanken, die er sonst so streng kontrollierte, machten sich selbstständig und begannen zu schweifen. Ben starrte an die Decke ohne sie wahrzunehmen, seine gesamte Aufmerksamkeit war von den Bildern gefesselt, die seine Erinnerungen in seinem Kopf abspielten ...

2.

„Mama, gehen wir auf den Spielplatz?"

Die junge Frau zögerte, doch dem bittenden Blick ihres Sohnes konnte sie nicht widerstehen.

„In Ordnung. Dann hopp, zieh dich an."

Jamie jubelte. Er rannte los, um in seine gelben Gummistiefel zu schlüpfen und zu versuchen, seine Jacke von dem Garderobenhaken zu angeln. Das tiefe Seufzen seiner Mutter erreichte ihn, ohne dass er es wirklich gehört hätte. Solche Sachen passierten ihm öfter, es gab auch Stimmen in seinem Kopf, wenn alle Menschen in seiner Umgebung schwiegen. Anfangs hatte er sich vor den Stimmen gefürchtet, und als er seiner Mutter davon erzählt hatte, war sie erschrocken gewesen.

„Ich glaube dir das", hatte sie in verschwörerischem Ton gesagt. „Aber erzähl sonst niemandem davon, hörst du? Es ist ... besser für dich, wenn das unser Geheimnis bleibt. Versprichst du mir das?"

Jamie hatte eifrig genickt und mit großem Ernst versprochen: „Ich schwöre, dass ich keinem was sage!" Mama hatte ihm daraufhin durch die Haare gewuschelt und „Guter Junge!" gemurmelt.

Im Laufe der Zeit hatte er sich an die Stimmen gewöhnt; sie waren eben da, aber das war auch schon alles.

Er lachte voller Vorfreude. Es hatte geregnet, der Sandkasten auf dem Spielplatz würde eine herrliche Matschgrube sein. Später würde ihn Mama in ein warmes Bad stecken und dabei schimpfen, was für ein Dreckspatz er doch sei.

„Ich bin fertig!“, rief er und rannte los, um seine Mutter an der Hand aus dem Wohnzimmer zu zerren. Sie lächelte und ließ sich bereitwillig mitziehen.

Es dauerte nicht lange, bis sie auf dem nahe gelegenen Spielplatz angekommen waren. Wie erwartet, war der sonst weiße Sand eine dunkle, matschige Masse. Herrlich! Mit beiden Beinen gleichzeitig sprang er in den Sandkasten, der nasse Schlamm spritzte höher, als er groß war. Beiläufig warf er einen Blick zu seiner Mutter, die auf der Bank am Rande des Platzes saß. Alles in Ordnung, sie lächelte ihm zu. Aus den Augenwinkeln sah er einen dunklen Wagen am Straßenrand parken. Zwei sonnenbebrillte Männer in schwarzen Anzügen stiegen aus und kamen zielstrebig über den Grünstreifen, der den Platz von der Straße trennte.

Der Schock seiner Mutter fraß sich in seinen Kopf und ließ Jamie erstarren.

„Ganz ruhig!“, befahl einer der Männer leise. „Es passiert euch nichts, wenn ihr still bleibt!“

Der Mann baute sich vor seiner Mama auf und verdeckte sie. Der andere Mann stellte sich vor Jamie und zeigte dabei ein zähnefletschendes Grinsen. Aber nicht die viel zu vielen Zähne waren das Erschreckende an dem Kerl, sondern dass Jamie wie vor eine Wand lief, als er seine Aufmerksamkeit auf ihn richtete. Sonst war es ihm immer möglich gewesen, zumindest eine leise, wispernde Stimme zu empfangen, wenn er sich konzentrierte. Aber hier: Nichts. Leere, schwarzes, beängstigendes Nichts.

Jamie begann zu rennen. Seine Gummistiefel patschten durch den Matsch, er hatte Mühe, das Gleichgewicht zu bewahren. Wie eine Stahlklammer schlossen sich die Arme des Mannes um seinen Oberkörper und hoben ihn in die Höhe. Jamie schrie und strampelte. Alles, was ihm das brachte, war eine schallende Ohrfeige, die seinen Kopf auf die Seite schleuderte. Sein sonst so wacher Geist erlahmte, und mit ihm sein Körper. Schlapp hing er im Griff des Unbekannten, unfähig, sich zu wehren oder gar zu entkommen. Er wollte in Gedanken nach seiner Mutter schreien, sie zu Hilfe rufen – warum tat sie denn nichts? Warum holte sie ihn nicht und verscheuchte den schwarzen Mann? Ein Stich in den Hals löste ein brennendes Gefühl aus, alle Gedanken verblassten und verschwanden schließlich aus seinem Kopf. Die Lider wurden schwer und fielen zu, die Geräusche um ihn herum drangen wie durch Watte an seine Ohren. Das Letzte, was er hörte, war der panische Aufschrei seiner Mutter, und selbst der klang jämmerlich leise. Dann – Stille, Dunkelheit, Schlaf.

*

Das Rumpeln eines Autos, er wurde auf dem Rücksitz hin und her gewiegt.

Leises Murmeln, bruchstückhaft.

Musik aus einem Radio, der Moderator sprach einen fremden, fast unverständlichen Dialekt.

Klappen von Wagentüren, das Aufbrummen des Motors, hin und wieder eine Kurve.

Und dazwischen: Alles verschlingender Schlaf.

Als der Wagen hielt und Jamie endgültig aufwachte, verabschiedete sich die Sonne soeben in flammenden Farben am Horizont. Er setzte sich kerzengerade hin und starrte angsterfüllt aus dem Seitenfenster, wusste zuerst gar nicht, was überhaupt passiert war. Der Blick nach vorn zu den beiden Männern in den schwarzen Anzügen beschwor die Ereignisse des Morgens wieder herauf.

„Ich will zu meiner Mama!" Jamie gab sich keine Mühe, seine Panik oder auch die Tränen, die ihm über das Gesicht zu laufen begannen, verstecken zu wollen. In so was war er einfach nicht gut.

„Du darfst bald wieder zu deiner Mami", erwiderte einer der Männer ohne sich die Mühe zu machen, sich zu ihm umzudrehen. „Aber erst musst du ein bisschen hier bleiben und mit jemandem sprechen."

Damit öffneten die beiden Kerle die Türen und stiegen aus. Nur Sekunden später wurde auch die hintere Tür aufgemacht und Jamie fand sich im null Komma nichts auf einem starken Arm wieder. Obwohl er ein weiteres Mal nach Leibeskräften strampelte und schrie, wurde er auf ein riesiges, düster aussehendes Haus zu getragen, das sich schwarz und unheimlich gegen die helle Sonne abhob. Wie von Geisterhand schwang das schwere Eingangsportal auf. Es ging drei Stufen hinauf, Kälte und Stille schlugen Jamie entgegen und ängstigten ihn noch mehr, er kniff die Augen zu, um nicht mit ansehen zu müssen, wie das Gebäude ihn verschlang.

Bevor er wusste, wie ihm geschah, setzte der Mann ihn ab. Vorsichtig öffnete er die Lider. Er hockte auf einem Stuhl in einem Zimmer, das aussah wie das der Leiterin des Kindergartens, in den er seit einiger Zeit ging. Vor ihm baute sich ein gigantischer Schreibtisch auf und dahinter saß ein weiterer Mann, der ihn über den Rand seiner Brille hinweg musterte.

„Hallo, Jamie!“, sagte der Mann hinter dem Schreibtisch.

Jamies Angst nahm überhand, er drückte sich so weit wie möglich nach hinten an den Stuhl, nur weg von diesem Monster auf der anderen Seite des Tisches. Heiße Tränen rollten über seine Wangen und tropften von seinem Kinn auf den Rollkragen seines Pullovers, der mittlerweile unangenehm nass war.

„Ich will nach Hause! Ich will zu meiner Mama!“

Der Mann lachte belustigt. „Du hast deine Mama lieb, nicht?“

Zaghaftes Nicken, mehr brachte Jamie nicht zustande.

„Gut“, fuhr der Mann fort. „Dann willst du bestimmt auch nicht, dass ihr etwas Schlimmes passiert, oder?“

Jamie hatte das merkwürdige Gefühl, als würde sich eine eiskalte Hand in seine Brust bohren und nach seinem Herzen greifen. Seine Unterlippe begann zu zittern.

„Nein“, fiepte er kläglich.

„Das freut mich. Du bist ein braver Junge. Und wenn du schön hier bleibst und tust, was wir dir sagen, wird deiner Mama auch nichts geschehen. Du wirst eine Weile hier bei uns leben. Hier gibt es noch mehr Kinder und alle sind wie du: Etwas ganz Besonderes. Mein Name ist Dr. Dumont.“

Dr. Dumont erhob sich von seinem Sessel, kam um den Schreibtisch herum und stellte sich neben ihn. Eine große Hand wuschelte durch seine Haare.

„Jetzt komm mit, Jamie, ich zeige dir das Haus und dein Zimmer. Du wirst hier bald eine Menge Freunde haben."

Jamie sah zu, wie Dr. Dumont an ihm vorbeiging, doch er hatte nicht die Kraft, von dem Stuhl zu rutschen und der Anweisung zu folgen. Er zitterte am ganzen Körper, noch immer schüttelte ihn wildes Schluchzen.

„Ich glaube, du hast deine Mama doch nicht so lieb, wie du sagst. Sie wird böse Sachen erleben, wenn du nicht artig bist."

Obwohl die Angst in Jamie bei diesen Worten weiter anwuchs, schaffte er es, sich zu bewegen. Aus einem Reflex heraus suchte er nach Dr. Dumonts Stimme – der *anderen* Stimme. Alles, was er fand, war eine kalte, glatte Mauer, an der er abprallte.

„Lass das! Du bist zu schwach für solche Versuche."

Eine schwere Hand legte sich auf seine Schulter und schob ihn erbarmungslos vorwärts aus der Tür in ein verwirrendes Labyrinth aus grauen Gängen und Treppen, die sich allesamt glichen wie ein Ei dem anderen. Was Jamie mit Sicherheit sagen konnte, war, dass es stetig nach unten ging. Sie kamen an unzähligen Türen vorbei, einige aus Holz, andere aus Stahl, die wenigsten besaßen Glasscheiben, durch die er einen Blick in das Innere der Räume erhaschen konnte. Leuchtstoffröhren warfen ein kaltes Licht, es gab keine Ecke, die nicht ausgeleuchtet gewesen wäre. Es herrschte gespenstische Stille, sowohl akustisch als auch in Jamies Kopf.

Endlich stieß Dr. Dumont eine der Türen auf und bugsierte ihn in das dahinterliegende Zimmer.

Das Erste, das Jamie erblickte, war eine Handvoll Kinder, etwa in seinem Alter. Sie starrten ihn mit großen Augen an.

„Das hier wird deine Klasse sein."

„Ich gehe aber noch in den Kindergarten." Jamie hickste vor Angst, Aufregung und Weinen, seine Stimme zitterte.

„Jetzt nicht mehr. Du hast so viel zu lernen, je eher du damit anfängst, desto besser."

Ein Mädchen stand auf, stellte sich vor Jamie und lächelte ihn schwach an. Er blinzelte den Tränenschleier aus seinen Wimpern, damit er sie klarer sehen konnte. Sie war einen halben Kopf größer als er und trug einen roten Overall.

„Ich bin 4268." Sie streckte ihm die Hand entgegen, Jamie starrte sie mit offenem Mund an.

„Was?"

Das Mädchen kicherte und deutete auf den Tisch, von dem sie gekommen war.

„Neben mir ist noch Platz. Da kannst du dich hinsetzen."

Ein leichter Zug an seiner Hand sollte ihn mit zu ihrem Pult dirigieren, doch bevor er sich in Bewegung setzen konnte, griff Dr. Dumont ein.

„Später. Ich zeige ihm die Schule und sein Zimmer, außerdem muss er noch eingekleidet werden."

Jamie schaute sich die Kinder genauer an. Jedes einzelne von ihnen trug einen Overall. Ein Nachbarsjunge, Sam Jones, der bereits in die Schule ging, hatte Jamie erzählt, wie es in seiner Klasse aussah und dass alle Schüler Schuluniformen zu tragen hatten. Dieser Raum unterschied sich in nichts von Sams Schilderungen. Es gab die Tische, eine Tafel, einen Schreibtisch vor der Tafel, hinter dem einen junge Frau mit einem freundlichen Lächeln saß. Dann mussten die Overalls wohl die Uniform dieser Schule sein. Seltsam daran waren nur die verschiedenen Farben der Anzüge.

Jamie wurde von Dr. Dumont aus dem Raum geschoben und erneut durch ein Gewirr von Gängen geführt. Dabei legte der Mann ein Tempo vor, bei dem Jamie beinahe neben ihm her rennen musste, um nicht zurückzubleiben. In irgendeinem der vielen Zimmer, die ihm gezeigt wurden, bekam er einen knallgelben Overall und weiße Turnschuhe in die Hand gedrückt und wurde angewiesen, sich umzuziehen. Die Kleider, die er trug, musste er in einen kleinen Karton legen und sie einer weiteren Frau aushändigen. Einen Raum weiter hob ihn ein kräftiger Kerl im hellblauen Kittel auf einen hohen Sessel, und ehe Jamie wusste, wie ihm geschah, hörte er neben seinem Ohr ein hässliches *Schnapp*. Eine gelockte, rotbraune Strähne rutschte über seine Schulter in seinen Schoß. Einmal mehr schossen ihm die Tränen in die Augen. Mama hatte seine langen Locken geliebt, sie gepflegt und gebürstet ... Er schrie und schlug um sich, bis ihn eine schallende Ohrfeige in eine Art Schockstarre versetzte. Dr. Dumont baute sich vor ihm auf und starrte ihn wütend an.

„Wenn du nicht artig bist, werde ich deine Eltern besuchen und ihnen erzählen, wie böse du bist, Jamie. Dann werden sie dich bestimmt nicht mehr wiedersehen wollen. Also benimm dich jetzt!“

Diese Worte fraßen sich wie Säure in sein Denken. Mama hatte ihm stets eingetrichtert, ein lieber Junge zu sein – die Vorstellung, dass sie ihn nicht mehr sehen wollte, ihn nicht mehr lieb hatte, war der blanke Horror. Dazu brannte seine linke Gesichtshälfte, wo Dr. Dumont ihn getroffen hatte, und schürte seine Angst zusätzlich.

Weitere Locken fielen der Schere zum Opfer, Jamie versuchte, sich so tief wie möglich in den Sessel zu drücken, aber er wehrte sich nicht mehr.

Der ganze Spuk dauerte nicht lange und doch eine gefühlte Ewigkeit für Jamie. Mit festem Boden unter den Füßen tastete er nach seinen Haaren. Keine weichen Locken mehr, die ihn im Gesicht hätten kitzeln können, stattdessen trafen seine Finger auf kurze Stoppeln, die nicht einmal seine Ohren bedeckten. Willenlos ließ er sich hinter Dr. Dumont her ziehen und betete dabei, seine Mutter möge kommen und ihn abholen.

Erneut wurde er durch endlose Gänge bugsiert.

„Hier ist dein Zimmer.“ Damit stieß Dr. Dumont eine weitere Tür auf und schob ihn ins Innere.

Ein kleiner Raum, vier Betten dicht an dicht, schmale Spinde an einer der Wände, ein Waschbecken und eine Toilette gleich daneben.

„Das Bett ist noch frei.“ Dr. Dumont deutete auf die Liege in nächster Nähe zur Toilette. Jamie reagierte nicht. Er konnte einfach nicht. Das alles kam ihm vor wie einer der bösen Träume, die ihn hin und wieder quälten. Erst energischer Druck in seinem Rücken trieb ihn vorwärts. Als er dichter an das Gestell kam, auf dem er in Zukunft schlafen sollte, bemerkte er einen gelben Kleiderstapel darauf, ordentlich gefaltet. Er hob eines der Stücke an und erkannte einen weiteren Overall – mit einer Nummer auf der linken Brustseite. 2109. Er blickte an sich hinab und entdeckte dieselbe Zahl auf dem Anzug, den er trug.

Dr. Dumont setzte sich auf das Bett, nahm ihm das Kleidungsstück aus der Hand und strich mit dem Daumen über die Nummer.

„Das ist deine Kennung. Ab sofort wird dich niemand mehr mit deinem Namen ansprechen, denn außer mir weiß ihn hier niemand. Wenn du gefragt wirst, wie du heißt, wirst du deine Nummer aufsagen. Die Zahlen haben eine Bedeutung, aber das wirst du im Laufe der kommenden Tage alles lernen. Also: Wer bist du?“

„Jam...“

„Nein!“ Dr. Dumont unterbrach ihn scharf.

Jamie schielte auf die Nummer auf seiner Brust. „2109.“

Gnädiges Nicken folgte dieser Antwort, Dumont erhob sich und strich ihm über die geschorenen Stoppeln. „So ist es brav. Das wird bald ganz normal für dich sein. Und jetzt komm mit, es ist Essenszeit.“

*

An diesem Tag betrat Jamie das erste Mal die MorningStar-Mensa und hielt die Luft an ob der Menge an Schülern aller Altersstufen. Von Kindern, die in seinem

Alter sein mussten, über Teenager bis hin zu jungen Erwachsenen war alles vertreten.

Er fühlte sich in dem Gewusel verloren, doch als er sich umdrehte, um Dr. Dumont nach Hilfe zu fragen, war der verschwunden. Jemand rempelte ihn an und er verlor das Gleichgewicht, bevor er allerdings auf dem Boden aufschlagen konnte, fing ihn ein Junge in einem schwarzen Anzug geschickt auf.

„Du bist neu hier ... 2109?"

Jamie nickte schüchtern. Der Junge war bestimmt schon zehn Jahre alt. Mindestens.

„Ich bin 8053. Komm mit, ich zeige dir, wie du hier was zu essen bekommst."

Es stellte sich heraus, dass Jamie sich verschätzt hatte. 8053 war erst acht Jahre alt, aber ausgesprochen groß für sein Alter. Er war spindeldürr, was ihn noch größer erscheinen ließ, und die dunklen, fast schwarzen Augen in dem schmalen Gesicht bemerkte man erst auf den zweiten Blick, weil sie hinter einer Brille versteckt waren, deren Gläser die Dicke von Flaschenböden besaßen. Hatte man sie jedoch entdeckt, wirkten sie irritierend unter dem hellblonden, kurzen Haar. Das alles war aber nebensächlich für Jamie. Viel wichtiger war: Der Junge schien nett zu sein. Geduldig erklärte er Jamie das System der Farben der Anzüge und der Nummern, die die Schüler trugen.

„Es gibt mehrere MorningStar-Schulen. In dieser hier werden Kinder mit acht verschiedenen Fähigkeiten ausgebildet. Dein Overall ist gelb, das heißt, du bist ein Telepath. Ich bin ein Telekinet, deswegen schwarz. Zusätzlich gibt es für jede Fähigkeit eine Nummer, das ist die erste Zahl in der Reihe. Die restlichen Zahlen zeigen an, wie viele Kinder mit der jeweiligen Kraft es hier bisher gab."

Jamie ließ den Löffel in die undefinierbare Masse auf seinem Teller sinken und sah sein Gegenüber mit schief gelegtem Kopf an.

„Was ist ein Telepath? Oder ein Telekinet?"

„Du kannst Gedanken lesen. Und ich kann Gegenstände mithilfe meines Willens bewegen."

Wie durch Hexerei klapperte Jamies Teller auf dem Tisch, hob ab und schwebte langsam rotierend vor seiner Nase. Obwohl es völlig unpassend war, war Jamie begeistert.

„So was kann hier jeder?"

„Einige. Wie du an meiner Nummer siehst, gibt es derzeit nur dreiundfünfzig Telekineten in Ausbildung. Das ist also ziemlich selten."

„Und was können die anderen?"

„Die in den weißen Anzügen mit der Nummer eins sind Empathen. Die empfangen Gefühle von Menschen und beeinflussen sie. Orange hat die Nummer drei, das sind Elektrokineten. Sie ziehen elektrische Schwingungen aus ihrer Umgebung und wandeln sie zum Beispiel in einen Stromstoß um. Rot und vier stehen für Pyrokinese, Feuer entstehen lassen. Blau ist fünf und heißt Präkognition, in die Zukunft sehen. Grün bedeutet sechs und Temperaturwandler. Die können durch Berührung etwas erhitzen oder vereisen. Gestaltwandler haben die Nummer sieben und sind braun."

Mit offenem Mund sah Jamie sich um. All diese Kinder hatten solche Fähigkeiten?

Er stellte fest, dass es viele Schüler mit weißen, roten und grünen Uniformen gab, einige wenige mit orangen, blauen und braunen Overalls und nur ganz vereinzelt gelbe und schwarze Anzüge zu sehen waren. Er war also selbst unter den Begabten etwas Besonderes ...

Was ihm noch auffiel, war die Erkenntnis, dass viel mehr Schüler bis zu einem Alter, das er auf elf oder zwölf schätzte, den Speisesaal bevölkerten, als ältere. Er fragte 8053 danach, doch der zuckte nur die Schultern.

„Ich weiß auch nicht, warum das so ist."

Seinem zweifelnden Blick wich der Junge aus und irgendwie wurde Jamie das Gefühl nicht los, angelogen worden zu sein.

3.

Wer ihn jedoch nicht angelogen hatte, war Dr. Dumont. Ab sofort war Jamies Tagesablauf straff durchorganisiert und ungemein anstrengend, die Herausforderungen jeden Tages größer als die des vorangegangenen. Jamie stand lediglich ein knappes Zeitfenster zur Verfügung, um Lesen und Schreiben zu lernen – und kaum beherrschte er das, nahm der Unterricht für ihn volle Fahrt auf. Sieben Tage die Woche, zweiundfünfzig Wochen im Jahr, lernte er neben Englisch, seiner Muttersprache, vier weitere Sprachen, Rechnen, den Aufbau des Menschen, was warum passierte, wenn man Glycerin mit Salpeter- und Schwefelsäure mischte, wie ein Computer funktionierte und wie man versteckte Botschaften entschlüsselte. Zwischen diesen Unterrichtseinheiten, die er in der Klasse erhielt, gab es Lektionen, die er einzig mit zwei weiteren Telepathen absolvierte. Dabei ging es meist darum, die Gedanken der anderen zu lesen oder sich davor zu schützen, selbst gelesen zu werden. Vor dem Frühstück um sechs Uhr morgens, dem Mittagessen um dreizehn und dem Abendessen um zwanzig Uhr hatte er sich in der Turnhalle oder am Pool einzufinden, um sich mindestens jeweils eine Stunde sportlich zu betätigen. Um halb zehn Uhr abends fiel er todmüde in sein Bett, zu ausgelaugt, um wach zu bleiben und nachzugrübeln. Der Schlaf, in den er jede Nacht fiel, war tief, damit sein Körper und sein Geist Gelegenheit hatten, sich zu regenerieren, zu tief, um sich beim Aufwachen auch nur an Bruchstücke von Träumen zu erinnern. Dafür begann er langsam zu vergessen: Das Lachen seiner Mutter, die Stimme seines Vaters; das Bild seiner Eltern in seinen Erinnerungen verblasste von Tag zu Tag mehr, bis es nichts mehr war als grauer, wabernder Nebel in seinen Gedanken. Und selbst der verschwand aus seinem Gedächtnis – ebenso wie sein Name. Nach einem Jahr war er nicht länger Jamie Walsh, er war 2109, Telepath am MorningStar-Institut. Dafür sorgte das straffe Programm mindestens genauso wie die Strafen, die vollzogen wurden, wenn er nicht so funktionierte, wie Lehrer und Trainer sich das vorstellten. „Streich" und „Stubenarrest" stellten sich bald als Euphemismen heraus, als niedliche Synonyme für Schläge mit einem Lederriemen und Verbannung auf ungewisse Zeit in eine winzig kleine, stockdunkle Zelle, abgeschottet von allen anderen Kindern. Jamie, nein, 2109 tat nach den ersten Stunden im Bestrafungsraum – er schätzte, dass es Stunden gewesen sein mussten, genau konnte er das nicht sagen – alles, was in seiner Macht stand, um einer weiteren „Disziplinierung" zu entgehen. Gute Wertungen in den Prüfungen? Kein Problem, er war überraschend schnell von Begriff. Und was er nicht auf Anhieb verstand, erklärte ihm 8053 geduldig während der gemeinsamen Mahlzeiten.

Vier Jahre lang konnte er sich auf ihn voll und ganz verlassen, ihre Freundschaft gab ihm Kraft und machte alles weit weniger trostlos. Bis 8053 von einer Stunde auf die andere krank wurde.

*

Mittags hatten sie noch zusammen gegessen und sich gegenseitig über die neuesten Übungseinheiten ihrer PSI-Kräfte berichtet, abends wartete 2109 vergeblich vor dem Speisesaal auf seinen Freund. Je mehr Zeit verstrich, ohne dass 8053 auftauchte, desto mehr Sorgen machte 2109 sich. Sein Kumpel hatte mittags schon nicht sonderlich fit gewirkt und seine Stimme war bei ihrer Unterhaltung von Kieksen zu Krächzen hin und her gesprungen, was 2109 ziemlich lustig gefunden hatte. Ihm fiel ein, dass 8053 ganz urplötzlich fürchterlich geschwitzt – und entsprechend gerochen – hatte, außerdem hatte auf seiner Stirn ein Pickel von der Größe eines Nashorn-Horns geprangt und bösartig rot geleuchtet. Bisher hatte er sich noch nie Gedanken über ihre Gesundheit machen müssen: Kleinere Verletzungen kamen durchaus vor und wurden in der Krankenstation von einer Heilerin behandelt. In der Regel war nach wenigen Minuten alles überstanden. Deswegen war das Fehlen seines Freundes im Speisesaal absolut beunruhigend.

Er beschloss, das Abendessen ausfallen zu lassen und im Krankenzimmer nach ihm zu suchen. Der Appetit auf den sich täglich wiederholenden, undefinierbaren Proteinbrei war ihm ohnehin längst abhanden gekommen. Daran, für diesen Alleingang möglicherweise bestraft zu werden, dachte er nicht, obwohl ihn seine Neugier bisher mehr als einmal in arge Bredouille gebracht hatte.

Nervös klopfte er an die Tür zum Krankenbereich und wartete ungeduldig, bis die Heilerin Jorja öffnete und den Kopf auf den Gang streckte.

„Was willst du? Du siehst gesund aus."

„Ist 8053 hier?"

Jorja runzelte die Stirn und musterte ihn von oben bis unten. „Ja, der ist hier."

„Okay, dann warte ich auf ihn. Du wirst ja bald mit ihm fertig sein."

„Er ist dein Freund, nicht wahr?"

Er nickte auf die sanfte Frage hin und zu seiner Überraschung verließ Jorja ihren Bereich, zog die Tür sachte hinter sich zu und ging neben ihm in die Hocke. So konnte er ihr aus nächster Nähe in die hellblauen Augen schauen, während sie ihm zart über den Kopf strich.

„Kleiner, du kannst nicht auf deinen Freund warten. Er wird eine ganze Weile hier bleiben müssen."

„Warum, was fehlt ihm denn? Du machst doch sonst, dass alles ganz schnell wieder gut ist."

„Er ist in der Übergangsphase, Kleiner, und die kann unter Umständen lange dauern."

„Was ist das?"

„Das darf ich dir nicht sagen. Aber ich verspreche dir, dass ich alles gebe, was ich kann, damit er schnell wieder bei dir ist. Okay?"

Er nickte, ganz und gar nicht zufrieden mit dieser Auskunft und dem vagen Bemühen, beruhigt zu werden. Einen Moment lang war er versucht, sich die Informationen, die er wollte, aus ihrem Geist zu holen, sie ihr ebenso brutal zu entreißen, wie diese ominöse Krankheit ihm 8053 entrissen hatte.

Es kostete eine Unmenge an Beherrschung, von der er nicht geahnt hatte, sie zu besitzen, sich einfach umzudrehen, in sein Zimmer zu schlurfen und sich auf das schmale, harte Bett fallen zu lassen. In dieser Nacht war trotz aller Erschöpfung an Schlaf nicht zu denken. Wie fand er heraus, welches Übel diese Übergangskrankheit war? Warum machte Jorja ein derartiges Geheimnis daraus?

Vorsichtig, ganz vorsichtig infiltrierte er die Gedanken seiner schlafenden Zimmergenossen, einem Empathen und zwei Pyrokineten, und suchte systematisch nach Hinweisen, und seien sie noch so unterbewusst. Das Ergebnis war gleich Null. Die beiden Feuerteufel, 4396 und 4399, hatten nicht die leiseste Ahnung von der Existenz einer solchen Krankheit. 1721, der Empath, hatte zwar bereits davon gehört, das war allerdings auch schon alles. Die Symptome, die Auswirkungen, die Dauer, all das war ihm unbekannt. 2109 fluchte still in sich hinein.

Die Möglichkeit, einen der Lehrer oder Trainer darüber zu befragen, erschien ihm zu gefährlich, nachdem sich selbst Jorja in Schweigen hüllte. Normalerweise erklärte sie alles, was mit ihrer Arbeit zusammenhing, um ihren Schützlingen die Angst zu nehmen.

Auch der nächste Tag brachte ihm keine neuen Erkenntnisse – obwohl er in einer Unterrichtseinheit, in der die Klasse im Internet Baupläne studierte und die Schwächen der verschiedenen Räume herausfand, im Hintergrund eine Suchmaschine laufen ließ –, ebenso wenig der übernächste oder der darauf folgende. Es dauerte nicht lange, bis die Angst um seinen Freund in Furcht vor dieser Übergangskrankheit selbst umschlug. Diese Furcht machte ihn zunehmend nervöser und zerrte an seiner Konzentration, was letztendlich seinen Lehrern auffiel. Was wiederum diverse Bestrafungen zur Folge hatte: Erst Extrarunden in der Sporthalle, später Hiebe mit einem Lineal, dann mit dem Riemen und zum Schluss verbrachte er zwei Tage und Nächte, die ihm vorkamen wie eine Ewigkeit, in der Arrestkammer. Danach setzte er alles daran, seine Aufmerksamkeit auf das zu richten, was er tat.

*

Es dauerte fünf Wochen, bis er 8053 wiedersah, blass, beinahe zum Skelett abgemagert, aber mit dem typischen, frechen Grinsen auf den Lippen und einem neuen, wilden Funkeln in den Augen. So saß er auf seinem Stammplatz am Tisch in der Mensa, als wäre er nie weg gewesen. 2109 traute seinen Augen kaum, als er ihn entdeckte. Er ließ sein Tablett fallen, rannte auf ihn zu und fiel ihm um den Hals.

„Wie geht's dir? Was war mit dir? Bist du jetzt ganz gesund oder musst du noch mal zurück zur Heilerin? Oh Mann, du hast mir echt gefehlt!"

„Es geht mir blendend, ich bin komplett wiederhergestellt. Ich habe nur einen Wahnsinnshunger."

Seine Stimme war dunkler, rauer als zuvor, und als 8053 mit einem winzigen Lächeln flüsterte: „Du hast mir auch gefehlt", lief 2109 eine unerklärliche, aber überraschend angenehme Gänsehaut über den Rücken und ein bis dahin unbekanntes Kribbeln kitzelte in seinem Magen.

Ein Mädchen mit langem, schimmerndem Haar kam an ihren Tisch und lächelte 8053 zuckersüß an.

„Vincent, willst du dich nicht lieber mit an unseren Tisch setzen, anstatt dich hier mit einem Kind abzugeben?“

8053 schenkte ihr einen kurzen Blick, dann schüttelte er den Kopf.

„Danke, Anjelica, ich sitze seit Jahren hier und sehe keinen Grund, das zu ändern.“

Schulterzuckend zog sie sich zurück und 2109 starrte seinen Freund mit offenem Mund an.

„Vincent? Wieso nennt sie dich Vincent?“

„Ich heiße so.“

„Ja, aber ...“

„Wenn man die Übergangsphase hinter sich hat, ist man keine Nummer mehr, man kann sich einen Namen aussuchen. Schließlich muss ja einer im Ausweis stehen, wenn man hier rauskommt, oder?“

2109 kam aus dem Staunen nicht mehr heraus. Die Möglichkeit, eines Tages aus der Schule entlassen zu werden, hatte er bisher nie in Erwägung gezogen. Zugleich machte ihm diese einschneidende Änderung klar, dass 80... Vincent älter war als er und er somit irgendwann allein sein würde. Ein Gedanke, der ein ausgesprochen unbehagliches Gefühl in ihm auslöste.

„Was ist diese Übergangsphase eigentlich?“, fragte er, in erster Linie um sich abzulenken.

Vincent kniff einen Moment lang die Lippen zusammen.

„Jeder Begabte bekommt sie, wenn er in die Pubertät kommt. Bei manchen entfaltet sich dabei die Kraft völlig, bei anderen verschwindet sie. Und viele ... sterben in der Zeit. Deswegen redet auch niemand darüber, keiner will die Kleinen ängstigen."

Diese Antwort war schockierend und 2109 blieb die Luft weg. Das erklärte die Heimlichtuerei der Heilerin oder das Fehlen jeglicher Informationen im Internet. Zudem war es die Lösung des Rätsels, warum es viel mehr Kinder als Teenager im Institut gab.

„WAS? Aber wozu dann die ganze Lernerei, wenn man nicht weiß, ob man überlebt?"

„Ganz einfach: Sobald man die Phase hinter sich hat und die Kraft immer noch da ist, wird der Unterricht umgestellt. Ich habe jetzt die ganze Theorie hinter mir, ab sofort bekomme ich ausschließlich Praxisübungen. Das ging ja vorher nicht, jedenfalls nicht in dem Maße."

„Dann heißt das, du hast deine Telekinese noch?"

„Klar, sonst wäre ich nicht mehr hier." Vincent lachte vergnügt. „Und sie ist so *stark*, wie ich nie geglaubt hätte!" Er wandte den Kopf und für einen Moment hoben sämtliche Tische, Stühle und alle anwesenden Personen mit Ausnahme von ihm selbst eine Handbreit vom Boden ab. Kollektiver Aufschrei, vor allem der jüngeren Schüler, dann landete alles sanft auf seinem Platz.

2109 klappte der Unterkiefer auf die Brust. Er hatte Vincent bereits früher Gegenstände schweben lassen erlebt, doch zu der Zeit hatte das anstrengend ausgesehen. Was er hier demonstriert bekam, wirkte mühelos, wie ein Spiel.

Vincent schien sich nicht einmal sonderlich konzentrieren zu müssen.

„Wahnsinn!", hauchte er beeindruckt.

„Und das ist erst der Anfang. Du wirst sehen, das wird alles noch viel besser! Aber weißt du, was das Tollste ist? Ich darf endlich aus dem großen Schlafsaal ausziehen und bekomme ein Zweibettzimmer!"

„Wow!" Das war ein echter Bonus, etwas, von dem er träumte, seit er hier war! Er beneidete Vincent um dieses Glück.

„Das wirst du auch dürfen, sobald du alt genug bist."

„Dazu muss ich erst mal so weit kommen ..."

„Keine Sorge, das wirst du. Wart's nur ab."

Aber noch war es nicht so weit. In den folgenden Jahren blieb für 2109 alles beim Alten. Er wurde weiter in dem unterrichtet, was er später vielleicht für ein normales Leben brauchen könnte, und lauschte in den Essenspausen Vincents Erzählungen über dessen Übungseinheiten, über Unterricht in einem Fahr- und Flugsimulator und über Nahkampf- und Waffentraining. Ab und zu erwähnte Vincent auch in einem beiläufigen Satz Untersuchungen in den Laboren im untersten Stockwerk, aber das ging jedes Mal so in dem Gespräch unter, dass 2109 nie Gelegenheit hatte, genauer nachzufragen.

4.

„Du siehst heute scheiße aus. Was ist denn los?"

Diese Frage stellte Vincent eines Tages beim Frühstück. Er hatte sich in der letzten Zeit rasant verändert, die Schultern waren breiter geworden, die Haare länger, da ihn seit seiner Übergangsphase niemand mehr gezwungen hatte, sie scheren zu lassen; der Schatten eines Barts schimmerte um sein Kinn und er war immens in die Höhe geschossen. Außerdem die vielleicht markanteste Veränderung: Die Brille war verschwunden, der Blick der dunklen Augen lag ungefiltert auf ihm.

„Mhm, ich weiß nicht, mir geht's nicht gut." Er schob sein Essen unangetastet von sich. Ihm war übel, ihm war ungewöhnlich warm, und er hörte seinen Puls in den Ohren rasen wie den Herzschlag eines aufgeregten Vogels. Aber nicht nur das, auch alles andere war heute unerträglich laut: Das Geschnatter an den Nebentischen, die Geräusche des Bestecks auf dem Blechgeschirr, das Schlürfen aus den Saftbechern, jeder quietschende Schritt von unzähligen Turnschuhen auf dem Fliesenboden. Er wischte sich über die Stirn und spürte verwundert die Feuchtigkeit in seiner Handfläche. „Ich glaube, ich melde mich bei Jorja."

Selbst das Zurückschieben des Stuhls verursachte ein penetrant schrilles Geräusch, das ihn reflexartig den Kopf einziehen ließ. Kraftlos stemmte er sich in die Höhe, doch die Muskeln in seinen Beinen schienen ihren Dienst nur widerwillig und zeitverzögert aufzunehmen. Zusammen mit dem Zittern der Muskeln spürte er förmlich sein Blut absacken. Die Umgebung verlor ihre klaren Konturen, bunte Sterne tanzten munter vor seinen Augen, leuchteten grell vor dem zunehmend schwärzer werdenden Hintergrund, die Geräusche verblassten, als würden sie durch einen Filter an seine Ohren dringen.

„Vince, ich ..."

Er brauchte nicht mehr sagen und es wäre überflüssig gewesen. Genau in der Sekunde, in der seine Beine nachgaben und die Knie einknicken, fühlte er einen tröstlichen Halt, einen kräftigen und dennoch sanften Griff, der verhinderte, dass er zu Boden gehen konnte.

„Alles in Ordnung. Ich hab' dich und ich lasse dich nicht los."

Vincents Stimme war kaum zu verstehen, er vernahm sie mehr in seinem Kopf als mit den Ohren. Der helle Fleck, der zuvor Vincents Gesicht gewesen war, stieg in die Höhe und wurde gleich darauf von der alles verschlingenden Dunkelheit verschluckt.

*

Schmerz. Schmerz und Hitze. Er schlug stöhnend die Augen auf. Weiß. Alles, was er sah, war weiß. Die Wände, die Decke. Ächzend drehte er den Kopf. Er lag auf dem Rücken in einem Bett, das nicht seines war, in einem Raum, den er nicht kannte. Sein linker Arm brannte, und als er ihn hob, entdeckte er eine Nadel darin, an deren Ende ein Schlauch befestigt war. Er ließ seinen Blick dem Schlauch folgen, bis er an einem durchsichtigen Infusionsbeutel, gefüllt mit bläulicher Flüssigkeit, hängen blieb.

„Na, endlich wach? Das hat ja ganz schön gedauert."

Jorja erschien in seinem Sichtfeld, ein Lächeln auf den Lippen und die Stirn in kleine Falten gelegt. Sie strich ihm sanft über das Gesicht; fast auf der Stelle verschwand das Gefühl, innerlich zu verbrennen.

„Was ist passiert?" Seine Stimme kratzte im Hals, er leckte sich mit trockener Zunge über noch trockenere Lippen.

„Du bist in der Übergangsphase, Junge. Aber du bist aufgewacht, das ist jetzt erst mal das Wichtigste."

„Wie lange ...?"

„Drei Wochen. Ich hatte wirklich Angst um dich."

Das Hämmern in seinem Kopf schwoll zu einem nervtötenden Crescendo an. Matt schloss er die Augen.

„Ich habe Kopfschmerzen."

Kühle Finger strichen über seine Schläfen und bedeckten seine Stirn.

„Es wird gleich besser."

Tatsächlich ebbte der Schmerz allmählich zu einem dumpfen Druck ab, er entspannte sich. Die Hand verschwand aus seinem Gesicht und durch die Wimpern hindurch beobachtete er Jorja an der Infusion herumhantieren. Nur Sekunden später übermannte ihn eine bleierne Müdigkeit, der er nichts entgegensetzen konnte.

*

Ein rot glühendes Messer, das in seinen Schädel gerammt und herumgedreht wurde, katapultierte ihn aus dem erholsamen Schlaf. Gequält riss er die Augen auf und schlug schreiend um sich, bis er realisierte, dass er allein war und nicht angegriffen wurde. Das Gefühl, das Gehirn in hauchdünne Scheibchen geschnitten zu bekommen, blieb allerdings. Jorja rannte auf sein Bett zu und drückte ihn zurück auf die Matratze.

„Bleib liegen, um Himmels willen, bleib liegen!"

Er wollte etwas erwidern, doch sein Sprachzentrum reagierte nicht. Mehr als ein erbärmliches Gurgeln kam nicht über seine Lippen.

„Ganz ruhig, es ist bald vorbei." Jorjas Worte, vor allem aber ihre sanften Berührungen, lösten seine Panik und sorgten dafür, dass sich seine Muskeln entkrampften. Nachdem er wieder still lag, setzte sie sich auf die Bettkante, hielt ihm einen Becher vor die Lippen und sah ihn aufmunternd an. Er hob den Kopf leicht an und trank gierig.

„Ich weiß, es ist grauenhaft", murmelte sie dabei. „Aber du hast das Schlimmste schon hinter dir. Dein Körper und dein Geist haben deine PSI-Kraft akzeptiert und stellen sich jetzt darauf ein. Dein Gehirn bildet neue Bereiche und Nervenverknüpfungen, und das tut höllisch weh. Das ist normal. Du hast überlebt, sonst wärst du nicht aufgewacht. Und die Schmerzen, die du hast, bedeuten nur, dass deine Fähigkeit nach wie vor vorhanden ist und gerade explosionsartig wächst."

Der Becher war leer, er ließ sich zurücksinken und versuchte sich an einem schwachen Lächeln für Jorja.

„Danke." Na wunderbar, seine Sprache hatte sich entschlossen, wieder verfügbar zu sein.

Die Heilerin erwiderte das Lächeln.

„Es wird noch ein bisschen dauern, bis du aufstehen und die Krankenstation verlassen darfst. Bis dahin kannst du dir schon mal deinen zukünftigen Namen überlegen."

„Den weiß ich schon." Er hatte bereits daran herumgetüftelt, seit er von Vincent davon erfahren hatte.

„Verrätst du ihn mir?"

„Ben."

Sie erhob sich vom Bett und zwinkerte ihm zu. „Das passt zu dir. Also dann: Hallo Ben, willkommen im Leben! Ich sage Dr. Dumont bescheid; er will sich mit jedem Schüler nach dem Übergang unterhalten. Bist du bereit dazu?"

Ben zögerte einen Moment, dann nickte er.

„Gut." Jorja wandte sich ab und wollte den Raum verlassen, doch Ben griff nach ihrem Handgelenk und hielt sie auf. Sie drehte sich um und sah ihn fragend an.

„Danke für deine Hilfe, Jorja."

„Dafür bin ich da." Trotzdem war ihr anzusehen, wie sehr sie sich über diese Worte freute.

„Darf ich kurz meine Kraft testen? Ich werde dir dabei auch nicht wehtun, versprochen."

Schulterzucken und leises Lachen. Wahrscheinlich war sie solche Fragen gewöhnt.

„Klar. Streng dich nur nicht zu sehr an."

Er fixierte sie mit seinem Blick und öffnete sein Bewusstsein. Ihre Gedanken flossen auf ihn zu wie ein goldener Strom aus sanften Wellen, ruhig, gleichmäßig, leise plätschernd und in einer Klarheit, die ihn erstaunte. Ben *griff* zu, vereinigte seine Gedanken mit ihren, leitete sie stromaufwärts, bis sie ihren Geist erreichten und ihn behutsam infiltrierten.

Vielen Dank für alles!

Sie wich erschrocken zurück und lachte zittrig auf. „Du bist ein verdammt starker Telepath!“

Ja.

„Das ist selten. Normalerweise kommt niemand durch meinen Schutzschild. Mit dieser Kraft hast du eine unglaubliche Macht, die du jetzt noch gar nicht ermessen kannst. Setze sie klug ein.“

Ebenso vorsichtig, wie er in ihren Kopf eingedrungen war, zog er sich nun zurück, verabschiedete sich mit einem mentalen Streicheln von ihr.

„Ich werd's versuchen“, antwortete er ihr akustisch, erstaunt von der Leichtigkeit, mit der er diesen Kontakt trotz errichteter Barrikade hergestellt hatte, und überwältigt von ihrer inneren Schönheit.

*

Es dauerte eine geraume Zeit, die Ben nicht abschätzen konnte, weil er immer wieder schlief und in unregelmäßigen, aber größer werdenden Abständen von heftigen Schmerzattacken geschüttelt wurde, bis Dr. Dumont den

Raum betrat. Er sah so zufrieden aus, beinahe triumphierend, dass sich Ben bei seinem Anblick fast der Magen umdrehte. Auch wenn er in den letzten Jahren kaum etwas mit diesem Mann zu tun gehabt hatte – er konnte ihn nicht ausstehen.

„Ich freue mich, dass du gesund bist, Ben. Jetzt werden einige gravierende Änderungen auf dich zukommen. Sobald Jorja dich entlässt, erhältst du einen neuen Stundenplan. Ab sofort musst du viel üben, um deine Kraft zu kontrollieren. Wir werden dir beibringen, was du damit machen kannst, und dir den letzten Schliff geben. Außerdem wirst du ein neues Zimmer beziehen. Es ist für Begabte in der zweiten Ausbildungsphase wichtig, eine gewisse Rückzugsmöglichkeit zu haben. Vincent bat mich, dich zu ihm zu verlegen. Normalerweise gehe ich auf solche Sonderwünsche nicht ein, aber da Vincent ein Musterschüler ist und du von ihm nur profitieren kannst, komme ich seiner Bitte nach. Er wird ein guter Mentor für dich sein“, sagte er auf eine schleimig-joviale Art, bei der Ben sich zusammenreißen musste, um nicht die Augen zu verdrehen. Was für ein Arschloch! Vincent und er waren seit Jahren Freunde und der Leiter dieser Anstalt hatte nicht den blassesten Schimmer davon.

Ben ließ sich die Abneigung gegen den Schulleiter ebenso wenig anmerken wie seine Freude über den Umzug. Er würde mit Vincent in einem Zimmer wohnen! Das Kribbeln in seinem Magen, das seit einer Weile immer dann in seinem Inneren für Unruhe sorgte, wenn er an Vincent dachte, brandete auf, füllte ihn aus und ließ ihn hibbelig werden.

„Wann darf ich hier raus?“

„Das liegt bei Jorja. Es ist ihre Verantwortung, dich erst gehen zu lassen, wenn du vollkommen fit bist und nicht unter den Belastungen des Unterrichts zusammenbrichst. Es dauert, solange es dauert. Dein Training fängt schließlich erst jetzt richtig an.“

*

Einige Tage später war es so weit. Jorja zog die Braunüle aus seinem Arm, strich mit dem Finger sanft über die gerötete und leicht geschwollene Stelle und scheuchte ihn aus dem Bett. Noch bevor er in seinen Overall stieg, war die Einstichstelle verheilt, als wäre sie nie da gewesen. Aus Gewohnheit fiel sein Blick auf die Brusttasche des Anzugs, und Ben stockte. Die Nummer war verschwunden, stattdessen prangte in geschwungener Schrift *Ben* darauf.

Ben.

Vielleicht war das sogar wirklich sein Name gewesen, früher, in einem anderen Leben. Er erinnerte sich nicht mehr. Acht Jahre lang war er nur 2109 gewesen, eine unbedeutende Zahl unter vielen, ein *Etwas*, keine Person, die sich über einen Namen definierte. Aber nun hatte er einen Namen und er würde sich die entsprechende Identität dazu redlich erarbeiten.

Vor dem Spiegel, der an der Mauer über einem kleinen Waschbecken neben dem Krankenbett hing, strich er sich über die streichholzlangen Haarstoppeln. Ihm fiel ein, dass er ab sofort nicht mehr gezwungen werden würde, sie sich schneiden zu lassen. Und bei Gott, er würde sie wachsen lassen! Wenn es sein musste, bis zum Hintern!

„Sie sind sicher schön, wenn sie erst mal länger sind." Jorja stand hinter ihm und beobachtete ihn lächelnd.

„Worauf du wetten kannst." Sie setzte sich auf das Bett und klopfte auf den Platz neben sich. „Bevor ich dich auf deine Mitschüler loslasse, muss ich noch mit dir reden."

Es folgte eine Pause, bis in Ben Neugier und Ungeduld zu groß wurden. Immerhin durfte er gleich Vincent wiedersehen!

„Ja?"

Jorja räusperte sich und holte tief Luft.

„Das ist der Teil meines Jobs, den ich wirklich hasse ... Also: Du wirst in den nächsten Wochen noch einige Veränderungen an dir erleben. Dir wird bald der erste Bartschatten wachsen und du wirst Haare bekommen, unter den Achseln und im Gen..."

„Jorja, du hast jetzt aber nicht vor, mich aufzuklären?", schnitt er ihr lachend das Wort ab.

Sie sah ihn irritiert an. „Was? Doch, eigentlich schon."

„Kannst du dir schenken. Ich weiß das alles bereits."

Die Erleichterung war ihr an der Nasenspitze anzusehen. Und auch Ben war erleichtert: Nämlich darüber, dass sie nicht nachfragte, von wem er seine Informationen erhalten hatte.

Es klopfte, Jorja verließ das Krankenzimmer, um dem Besucher zu öffnen. Nur Sekunden später stand Vincent vor Ben und fiel ihm strahlend um den Hals.

„Oh Mann, ich habe mir solche Sorgen um dich gemacht! Du hast verdammt lange gebraucht."

Ben fühlte sich in der Zeit zurückversetzt, zu dem Tag, als er Vincent nach dessen Aufenthalt im Heilerbereich wiedergesehen hatte. Er hatte damals ziemlich genau die gleichen Worte benutzt.

„Jetzt habe ich es ja hinter mir ..."

„Komm mit, ich zeige dir dein neues Zimmer."

Vincent legte ihm den Arm um die Schulter, eine Geste, die Ben bisher noch nicht erlebt hatte. Sie löste eine irritierende Wärme aus und ein Gefühl, als stünde er unter Hochspannung. Alles in ihm kribbelte und seine Nerven vibrierten in prickelnden Impulsen.

In der Nähe der Tür ließ Vincent ihn los und Ben wusste nicht, ob er diesen Umstand gut oder traurig finden sollte. Freundlich verabschiedeten sie sich von Jorja, die Ben dabei umarmte, kurz an sich drückte, ihm zuraunte, wie froh sie sei, einen so starken Telepathen an der Schule zu wissen, und ihm alles Gute wünschte.

Und solltest du mal Probleme oder Fragen haben, du weißt schon ... dann schau einfach vorbei.

Ben spürte Hitze in seine Wangen schießen. Natürlich wusste er, was sie meinte, auch wenn er sich im Nachhinein wunderte, wie sie es geschafft hatte, ohne Schwierigkeiten eine mentale Verbindung zu ihm herzustellen. Im nächsten Moment schob Jorja sie auf den Gang, die schwere Tür zum Heilerbereich fiel vor Bens Nase zu. Das Geräusch, das dabei entstand, hallte wie schwerer Donner in seinen Ohren und machte ihm bewusst, dass er die Phase wirklich und wahrhaftig überstanden und er sich entgegen sämtlicher Befürchtungen seine Telepathie bewahrt hatte.

Vincent lotste ihn zu dem Zimmer, das sie ab sofort gemeinsam bewohnten. Ben war erstaunt, als er auf dem Bett an der linken Wand neue Kleider und Bücher entdeckte. Die Überraschung schlechthin bot allerdings der geänderte Unterrichtsplan.

„Nur sechs Tage in der Woche? Wir haben tatsächlich einen Tag frei?“

„Es bringt einen Haufen Vorteile, wenn man die Phase hinter sich hat. Die Übungen sind anstrengender, daher haben die Lehrer bei Dumont einen Ruhetag pro Woche durchgesetzt. Schau, du fängst auch erst später an und hast früher Schluss. Außerdem brauchst du keine Schulklamotten tragen, wenn du frei hast. Ich freue mich schon darauf, dich mal in Jeans und T-Shirt zu sehen.“

Ben legte das Papier auf das Bett und begutachtete mit hart klopfendem Herzen jedes einzelne Kleidungsstück ausgiebig. Tatsächlich: Jeans, verschiedene Arten von Sweat- und T-Shirts, neue Turnschuhe, Unterwäsche. Die gelben Overalls, in denen er sich immer vorkam wie ein überdimensionaler Kanarienvogel, ließ er links liegen. Die kannte er schließlich zur Genüge.

Hastig riss er sich den Anzug, den er trug, vom Leib und stieg in die Jeans. Der erste Hautkontakt mit dem dicken Stoff war aufregend, Ben zerrte sich die Hose mit Mühe über die Hüfte und hopste dann durch das Zimmer, um den Reißverschluss nach oben zu bekommen. Als das geschafft war und er an sich hinabschaute, schlich sich ein Grinsen in sein Gesicht und setzte sich dort hartnäckig fest. Ausgewaschenes Blau, an manchen Stellen fast weiß, diverse Löcher und Risse, die aussahen, als wäre sie zufällig entstanden, dazu war die Jeans so knalleng, dass Ben sich gar nicht richtig einzuatmen traute. Wer auch immer ihm diese Klamotten zugeteilt hatte, war ein Genie!

„Habe ich deinen Geschmack getroffen?"

Bei Vincents selbstzufriedener Miene ging Ben ein Licht auf. Es gab nur einen Menschen, der ihn gut genug kannte, um abzuschätzen, was ihm gefallen könnte.

„Perfekt! Und sie sitzt wie angegossen!"

„Du siehst auch top darin aus. Vorsorglich hab ich dir auch noch eine zweite besorgt, weil dir das meiste von dem Zeug voraussichtlich nicht lange passen wird. Hier, zieh das mal dazu an." Er warf Ben ein weites Shirt zu.

„Warum?"

„Was warum?"

„Warum wird mir das nicht lange passen?"

Vincent lachte auf. „Ganz einfach: In der Phase verändert sich die Fähigkeit, anschließend zieht der Körper nach. Du wirst in der nächsten Zeit ziemlich wachsen, ich schätze mal, dass dir die Klamotten in spätestens drei Monaten um etliche Nummern zu klein sein werden."

Vor Bens geistigem Auge tauchte das Bild auf, wie Vincent vor seinem Übergang ausgesehen hatte. Wie lange danach waren ihm die ersten Veränderungen an seinem

Freund aufgefallen? Heute erinnerte nichts mehr an den zaundürren, schmächtigen Jungen, der er gewesen war.

Vorfreude schoss ihm heiß in den Magen: Er konnte es kaum erwarten, ebenfalls endlich zu einem jungen Mann zu werden und sich wieder auf Augenhöhe mit Vincent zu befinden. In jeder Hinsicht.

*

Die folgenden Tage waren so angefüllt mit Arbeit, dass Ben die Glücksgefühle schnell vergaß und sich beinahe zurück in seine alte Klasse wünschte. Sein Unterricht bestand ausschließlich aus Praxis: Er lernte Jiu-Jitsu, Capoeira und Krav Maga und kroch jeden Abend mit neuen Blutergüssen und Blessuren am ganzen Körper ins Bett; er ging bald schon mit einem Messer ebenso effektiv um wie mit einer Schusswaffe und vermochte nicht nur eine Kalaschnikow einzig durch den Klang von einer Beretta M12 zu unterscheiden, sondern konnte auch beide mit verbundenen Augen zerlegen und wieder zusammensetzen.

Der Umgang mit seiner Telepathie wurde ebenfalls anspruchsvoller. Waren die Übungen früher hauptsächlich darauf beschränkt gewesen, wie man Barrieren aufbaute, um nicht unter die Kontrolle eines anderen Telepathen zu geraten, ging es nun darum, genau diese Blockaden zu zerstören, dem Gegner fremde Gedanken einzupflanzen, den eigenen Willen aufzuzwingen, ihn zu steuern oder mit mentalen Mitteln kampfunfähig zu machen. Diese Unterrichtseinheiten wurden in speziellen Sälen abgehalten, denn in den übrigen Räumlichkeiten der Schule wurden die meisten PSI-Kräfte durch diverse in den Wänden verbaute Materialien weitgehend blockiert. Nach solchen Lektionen hatte Ben jedes Mal das Gefühl, sein Gehirn würde die Schädeldecke wegsprengen, und es dauerte oft Stunden, bis er sich sicher war, nur seine eigenen Gedanken im Kopf zu haben. Aber das alles war noch in Ordnung für Ben. Wovor ihm wirklich grauste – jede Woche aufs Neue! – war der Tag, an dem er sich in einem der untersten Stockwerke einzufinden hatte, im Labortrakt. Beim ersten Mal hatte er sich ahnungslos nach unten begeben, artig an die solide Stahltür geklopft und sich naiv auf einen seltsam aussehenden Stuhl gesetzt. Dr. Style, so hatte sich ihm der Mann in dem weißen Kittel vorgestellt, bat ihn, seinen Overall auszuziehen. Bei Bens Zögern versicherte er ihm mit einem freundlichen Klaps auf die Schulter, dass nichts Schlimmes passieren würde, und kaum war der Stoff gefallen, befestigte er runde, weiße Klebeelektroden an Bens Schläfen, den Innenseiten der Handgelenke und auf seiner Brust. Im nächsten Moment schnappten Stahlbänder um seine Unter- und Oberarme, die Stirn, die Taille und die Fußknöchel, der Stuhl kippte nach hinten, die Arm- und Fußstützen wurden vom Körper weggespreizt, bis Ben fast nackt, ausgebreitet und bewegungsunfähig da lag, alle viere weit von sich gestreckt. Alles Fluchen, Schimpfen und Betteln half nichts, der Arzt rammte ihm eine dicke Nadel in die Ellenbeuge und injizierte ihm eine giftig schillernde Flüssigkeit. Von der ersten Sekunde an glaubte Ben, von innen heraus zu verbrennen. Was immer der Kerl ihm verabreicht hatte, löste in seinem Körper die Hölle aus. Nach und nach verkrampften sich sämtliche Muskeln in seinen Armen und Beinen, das Atmen war eine immense Kraftanstrengung und sein Kopf schien sich aufzublähen und explodieren zu wollen. Ben wusste nicht, wie lange es dauerte, bis die Schmerzen zu stark wurden und ihm die Sinne schwanden. Er begrüßte freudig die beruhigende Schwärze einer Ohnmacht.

Als Ben die Augen aufschlug, sah er statt klar umrissener Konturen nur verwischte Schemen. Er lag noch immer, das spürte er, doch nicht mehr auf diesem Seziertisch. Die Unterlage war weicher.

„Es ist gleich wieder alles gut."

„Vincent?"

Ben fühlte warme Finger über seine Hand streichen.

„Ja. Ich bin bei dir. Es wird dir gleich besser gehen, halt dich einfach still."

„Was ist das für eine kranke Scheiße?"

Neben ihm kam Bewegung in die Matratze und wurde nach unten gedrückt, Vincent hatte sich neben ihn gesetzt. Ben konnte die Anwesenheit seines Freundes körperlich spüren.

„Du hast ein Mittel bekommen, das deiner Telepathie einen gewaltigen Schub verpasst. Du wirst sehen, bereits morgen kennst du den Unterschied."

Ben stöhnte gequält. Er wäre froh gewesen, wenn er überhaupt etwas hätte sehen können, auf den besagten Unterschied war er gar nicht scharf. Die Hand strich über seine Wangen, und das Gefühl, nicht allein zu sein, war beruhigend und tröstlich. Die Nebenwirkung des Medikaments ließ allmählich nach.

„Wenn ich dieses Schwein in die Finger bekomme, bringe ich es um!“

„Das wirst du nicht tun. Du wirst dir in den kommenden Wochen schön brav die Injektionen geben lassen, auch wenn sie nicht angenehm sind.“

„Nicht *angenehm*?“ Ben rappelte sich in die Höhe und starrte Vincent wütend an. „Hast du sie noch alle? Das lasse ich auf keinen Fall mit mir machen!“

„Seit wann bist du so stur? Ben, dir bleibt gar nichts anderes übrig, also sei vernünftig.“

„Du kannst mich mal! Lass dir den Dreck doch selbst ins Blut jagen!“ Bei jedem Wort wurde Ben lauter.

Vincent blieb ruhig. „Meinst du, ich habe das nicht auch hinter mir?“

„Na, vielleicht stehst du ja auf so was. Ich tu’s nicht!“

Damit hatte er den Bogen überspannt, denn nun schrie auch sein Freund: „Du dämliches Arschloch! Na los, geh zu Dumont und weigere dich! Du wirst sehen, was du davon hast! Aber heul mir hinterher nicht die Ohren voll!“

Ben verpasste Vincent einen Stoß und katapultierte ihn damit vom Bett, murmelte ein „Leck mich, Vince!“ und wälzte sich auf die Seite. Wirklich, es gab Tage, da hasste er den Streber in seinem Freund.

*

Eine Woche später, in der er und Vincent sich durchgehend angeschwiegen hatten, stand der nächste Termin im Untergeschoss auf Bens Stundenplan. Er machte sich auch brav auf den Weg, nahm aber nicht den Aufzug nach unten, sondern streunte ziellos durch das Gebäude. Es gab trotz seines jahrelangen Aufenthaltes hier immer noch so viele Etagen und Zimmer, in denen er noch nie gewesen war. Weit kam er jedoch nicht, bis ihm eine Handvoll Männer in grauen Overalls den Weg versperrte. Das konnte nichts Gutes bedeuten – die Kerle waren zu alt, um Schüler zu sein, und keine der hier unterrichteten PSI-Fähigkeiten war grau gekennzeichnet. Er vermutete, dass er dem ominösen Schulsicherheitsdienst gegenüberstehen musste. Gehört hatte er von diesen Männern schon viel – und nichts davon war auch nur im Entferntesten positiv. Augenblicklich fing er zu zittern an, und ehe er umdrehen und sich aus dem Staub machen konnte, wurde er von hinten gepackt und in festem Griff fixiert. Verzweifelt versuchte Ben sich zu befreien, doch der einzige Erfolg, den er verbuchen konnte, bestand darin, sich einen Schlag mit einem Gummiknüppel einzufangen und die Arme brutal auf den Rücken gedreht zu bekommen. Mit Tränen in den Augen und in gebückter Haltung schleppten sie ihn durch die Gänge, bis er sich zuletzt doch auf der Laborliege gefesselt wiederfand. Die Injektion erstickte jeden weiteren Protest im Keim. Wut und Frustration suchten sich ihren Weg in einem gellenden Schrei, und als der Schmerz übermächtig wurde, *schlug* er zu. Alles, was er damit erreichte, war ein kräftiger Kinnhaken, der ihm die Sinne schwinden ließ. Zuletzt hörte er hämisches Lachen, das rasch leiser wurde, bis sich die Welt verdunkelte und zu existieren aufhörte.

*

Von einer Sekunde auf die andere wachte Ben auf, weil sich jeder Muskel in seinem Körper schmerzhaft verkrampfte. Was kein Wunder war – es war eiskalt. Stöhnend schlug er die Augen auf. Zumindest glaubte er das, aber sein Sichtfeld änderte sich nicht: Es blieb schwarz. Es kostete ihn enorme Anstrengung, die Hand zu heben und sein Gesicht abzutasten, nur um festzustellen, dass seine Lider tatsächlich geöffnet waren. Aber warum sah er nichts? Wilde Panik erfasste ihn. Er war blind! Diese elenden Schweine hatten es endlich geschafft, ihn mit ihren verfluchten Drogenexperimenten zu verstümmeln! Angst und Zorn ließen ihn losbrüllen, nach Vincent, um Hilfe, nach irgendwem, und verdammt noch mal, warum kam denn niemand?

Die Kälte bohrte sich mit aller Macht zurück in seinen Verstand, sein verspannter Körper reagierte mit einer erneuten Schmerzwelle. Ben tastete um sich, er brauchte die Hand nicht weit auszustrecken, bis sie auf eine Wand neben sich traf. Dasselbe auf der anderen Seite. Das war nicht sein Zimmer ... Wo zum Henker war er?

Langsam rappelte er sich in die Höhe, doch bevor er sich zur vollen Größe aufrichten konnte, knallte sein Schädel gegen die Decke. Ächzend und benebelt sank er zurück in die sitzende Position und hielt sich den Kopf. Noch einmal rief er um Hilfe und lauschte verzweifelt in die Dunkelheit, doch außer seinem Zähneklappern war kein Laut zu hören. Keine Schritte, keine Unterhaltungen vom Gang her, nichts. Er ging auf alle viere, um so seine Umgebung zu erforschen, und stemmte die Fußsohlen gegen die Mauer, an der er gelehnt hatte, damit er die Orientierung nicht verlor. Vorsichtig tastete er sich vorwärts. Nach geschätzten zwanzig Zentimetern war Schluss, eine Stahltür versperrte ihm den Weg. Die Erkenntnis kam blitzartig, der Schock darüber ging tief: Er saß in einer der Arrestzellen. Genauer gesagt, im Isolationsraum. Früher einmal hatte er auf dem Weg von hier unten nach oben in die normalen Abteilungen einen Blick durch eine offenstehende Tür erhaschen können. Eine fensterlose Kammer, maximal einen Quadratmeter Grundfläche und eineinhalb Meter hoch, dicke, schallgedämmte Wände. Zu niedrig, um zu stehen, zu klein, um sich ausgestreckt hinzulegen. Vorausgesetzt, man wollte das überhaupt, denn der geflieste Boden war besudelt gewesen mit Blut, Urin und Kot. Logisch, eine Toilette hätte den Effekt der Erniedrigung zunichte gemacht, wie ihm Vincent erklärt hatte. Verdammt, er hatte von der Existenz dieses Lochs gewusst und dass es durchaus zur Bestrafung eingesetzt wurde – also, was in aller Welt hatte ihn sich so benehmen lassen, um hier zu landen?

„Hey, es ist okay, ich hab's ja verstanden! Ihr könnt mich rauslassen!" Es war müßig, sein Glück versuchen zu wollen, doch es nicht zu probieren, war einfach unmöglich.

Resigniert setzte er sich wieder, den Rücken an die kalte Mauer gelehnt. Wenigstens konnte er die Beine ausstrecken, wobei er sich bemühte, nicht daran zu denken, womit seine Haut nun in Berührung kam.

Es dauerte nur wenige Augenblicke, in denen er sich ruhig hielt, bis die Kälte erneut in seine Glieder kroch. Besonders die Schultern und die Rückenmuskulatur verspannten sich und lösten eine weitere Kopfschmerzwelle aus. Ben zog die Beine an und schlang die Arme darum, rollte sich wie ein Igel ein, um sich das bisschen Körpertemperatur zu bewahren, das ihn von der totalen Auskühlung trennte. Wie lange war er bereits hier? Minuten? Stunden? Tage? Sein Zeitgefühl war den Bach runter, seit er auf dem Laborstuhl gesessen hatte. Er atmete durch, um sich zu beruhigen, und konzentrierte sich.

Vince? Vincent?

Absolute Stille, absolute Dunkelheit. Kein fremder Gedanke in seinem Kopf, nur die eigenen, die ihm munter Horrorszenarien vorgaukelten. Die Wände waren zu dick und höchstwahrscheinlich mit allem möglichen Kram verkleidet, damit PSI-Kräfte welcher Art auch immer außer Kraft gesetzt wurden. Wie oft hatte er sich solche Stille gewünscht, ohne ständig eine mentale Barriere um seinen Geist herum errichten zu müssen? Nun war diese Stille unheimlich und grausam.

Ben schloss die Augen – es machte ohnehin keinen Unterschied, ob er sie offen behielt oder nicht, schwarz blieb schwarz – und legte den Kopf nach hinten gegen die Wand. Vielleicht konnte er schlafen, bis sich irgendwer entschloss, ihn freizulassen. Wie er allerdings bald feststellen durfte, verhinderte die Temperatur sogar ein Nickerchen effektiv. Zu kalt, um zu schlafen, nicht kalt genug, um zu erfrieren. Jedenfalls nicht so schnell.

Sein Magen begann zu knurren, gleichzeitig bekam er Durst. Und ein drittes Problem: Langsam aber sicher musste er auf die Toilette. Nun ging der Spaß also richtig los ...

*

Ben hatte nicht die leiseste Ahnung, wie viel Zeit vergangen war, bis ein Riegel mit einem lauten Schlag zurückgeschoben und die Tür geöffnet wurde. Grelles Licht fiel in die winzige Zelle und blendete ihn schmerzhaft, er kniff die Augen zusammen und legte sich zusätzlich den Unterarm vor das Gesicht.

„Steh auf!“

Dem Befehl nachzukommen war gar nicht so einfach. Mühsam versuchte er, sich in die Höhe zu wuchten. Anscheinend zu langsam für seinen Kerkermeister, denn er wurde grob am Arm nach oben und vorn gerissen. Blind tappte er in die Richtung, in die ihn ein harter Stoß in den Rücken dirigierte, stolperte, prallte gegen eine Wand und stürzte auf die Knie. Erneut wurde er auf die Beine gezerrt und vorwärts gescheucht, wie ein Stück Vieh.

„Ben!“ Vincents weiche Stimme und der Arm, der sich warm und fürsorglich um seine Schultern legte, trieben Ben Tränen der Erleichterung und der Scham in die Augen.

Dass Vincent ihn so sehen musste, fast nackt, bestimmt dreckig, auf jeden Fall stinkend in seiner durchnässten Shorts ... Und trotzdem nahm er ihn in die Arme, als sei es das Normalste der Welt.

Du verdammter Idiot!, vernahm er in seinem Geist, doch es lag kein Vorwurf in diesen Gedanken, nur eine tiefe Traurigkeit.

„Vincent, ich ..." Sein ausgetrockneter Mund versagte ihm den Dienst.

„Schsch, ist schon gut. Komm mit, ich bringe dich nach oben und stecke dich erst mal unter die heiße Dusche."

Die Augen immer noch fest geschlossen – das Licht, das rot durch seine Lider leuchtete, schmerzte genug –, ließ er sich von Vincent führen und fühlte sich dabei sicher und behütet. Er konnte darauf vertrauen, dass sein Freund ihn nicht gegen ein Hindernis laufen ließ oder ihn an mehr Leuten als unbedingt nötig vorbeilotste und ihn dem Spott der anderen auslieferte.

In ihrem Zimmer zupfte Vincent ihm die nassen Shorts von den Beinen, zog ihm eine saubere an und legte ihm einen weichen Bademantel über die Schultern. Die Berührungen waren zärtlich, sanft und vor allem warm. Angenehm. Ben blinzelte, inzwischen ertrug er die Helligkeit sekundenweise, und folgte Vincents Anweisungen zunehmend sicherer.

Vincent brachte ihn ins Bad, entkleidete ihn, stellte ihn unter eine der zahlreichen Duschen und sorgte für eine behagliche Wassertemperatur, bei der sich Ben allmählich aufwärmen konnte. Mit gesenktem Kopf stand Ben unter dem Strahl und ließ das Wasser auf seinen Nacken prasseln. Plötzlich spürte er Hände auf seinen Schultern, die gefühlvoll seine steinharten Muskeln massierten. Er zuckte zusammen und wandte den Kopf. Vincents Gesicht befand sich nur Zentimeter von seinem entfernt, ihre Blicke trafen sich und Vincent lächelte schwach.

Halt still und lass mich machen.

Die Finger wanderten über seinen Rücken, lockerten die Verspannungen, glitten zart über die Haut, strichen die Wirbelsäule entlang. Sie entfernten sich und kehrten zurück, kühler und glitschig. Ein dezenter, leicht herber Duft stieg Ben in die Nase, feinporiger Schaum floss über seine Schulter und zog eine weiße Spur auf seiner Brust, bis er sich mit dem Wasser mischte und davon fortgespült wurde. Er kannte den Geruch seit Jahren: Vincents Duschgel.

Einmal mehr zogen die Hände ihre Kreise auf seinem Körper, kein Fleckchen Haut wurde ausgelassen, das Kneten ebbte zu Streicheln ab. Das Zusammenspiel von Wärme, Massage, Wohlbehagen und der Nähe seines Freundes brachte Ben dazu, sich endlich zu entspannen. Müdigkeit wallte in ihm auf.

Vincent stellte das Wasser ab, und als Ben sich umdrehte, hielt er ihm ein Handtuch entgegen.

Ben wollte nach dem Frotteetuch greifen, doch Vincent brachte es außer Reichweite.

„Los, komm raus da, damit ich dich abtrocknen kann."

„Hast du sie noch alle? Das kann ich selber!"

„Ich weiß." Der Ton ließ keinen Widerspruch zu.

Ben verdrehte die Augen, stieg aus der Duschwanne und stellte sich ergeben mit ausgebreiteten Armen vor Vincent. Manchmal benahm sich sein Kumpel wirklich mächtig albern!

Vincent brachte ihn ins Bett, deckte ihn fürsorglich zu und hielt ihm eine Tasse Tee hin. Woher er die hatte, wusste der Teufel, denn warmen Tee bekam man nur ab und zu in der Mensa, wenn man schnell genug war, um einer der ersten am Tisch mit den Thermoskannen zu sein. Ben fragte nicht nach, er war einfach dankbar für diesen Luxus. Vincent setzte sich neben ihn auf das Bett und sah ihn ernst an.

„Ich hoffe, das war dir eine Lehre."

Ben stellte die Tasse ab, stützte sich auf den Ellbogen und erwiderte den Blick kühl. „Wie kommst du darauf? Du glaubst doch nicht im Ernst, dass ich mir das gefallen lasse!"

„Wenn du dich das nächste Mal weigerst, dir die Injektion geben zu lassen, wirst du wieder da unten landen. Dann aber länger als zwei Tage, das kann ich dir versprechen."

„Na und?"

„*Na und?* Denkst du vielleicht, es macht mir Spaß, dich aus der Arrestzelle abzuholen und dir die vollgepissten Klamotten auszuziehen?"

„Zwingt dich doch keiner dazu."

„Du arrogantes, stures Arschloch!" Wütend sprang Vincent auf und starrte Ben fassungslos an. „Du bist zu blöd, um zu begreifen, dass diese bescheuerten Spritzen gut für dich sind!"

„Wie kann so etwas gut sein? Es brennt wie die Hölle, mir ist danach jedes Mal kotzübel, ich fühle mich wie durch den Reißwolf gedreht. Und ich weiß nicht einmal, *wofür*!"

„Das Zeug verstärkt dein PSI, kapierst du das denn nicht? Es sorgt dafür, dass dein neurosomatisches System in bestimmten Bereichen neue Synapsen bildet, damit du deine Telepathie kontrollierter einsetzen kannst."

Ben lachte humorlos auf. „Ja, klar. Die werden sich hüten, uns noch stärker zu machen. Dann könnten wir uns ja jederzeit gegen sie wehren."

„Eben nicht. Sie erstellen nur die nötigen Verbindungen, drosseln aber gleichzeitig deine Kraft auf genau das Maß, das du zum Lernen hier brauchst."

„Ach, und wie soll das gehen, du Schlaumeier?"

„Ganz einfach: Die Elektroden, die sie dir an den Kopf kleben, verpassen dir nach der Injektion Stromstöße. Oder was meinst du, warum du hinterher so zittrig und durch den Wind bist? Mit dem Strom können sie deine Kraft gezielt steuern."

Ben blieb der Mund offenstehen. Vincent wusste das alles und ließ es trotzdem freiwillig über sich ergehen? Das war doch Wahnsinn!

„Und wozu das Ganze?"

„Du denkst, du bist so superschlau und hast noch nicht einmal das gecheckt? Wozu wohl? Wenn wir hier rauskommen, sind wir die perfekten Waffen! Körperlich topfit, zum Gehorsam gedrillt, mit allen Fähigkeiten, um aus dem Hintergrund zu agieren, und der Sicherheit, nötigenfalls auch offen angreifen zu können. Wir sind die besten Söldner der Welt, skrupellose Kampfmaschinen."

„Skrupellos? Vergiss es, das bin ich nicht!"

„Noch nicht, Ben. Noch nicht." Vincent lächelte zwar, doch er klang resigniert.

Für Ben war die Unterhaltung beendet, er wuchtete sich auf die andere Seite, weg von Vincent, und zerrte sich die Decke über den Kopf. Vincents Worte bedeuteten nichts anderes, als dass er eines Tages auf Kommando und ohne nachzudenken oder Fragen zu stellen töten würde. Oh nein, das kam gar nicht infrage! So wollte er nicht enden, er würde sich diesem Irrsinn niemals beugen! Und wenn es irgendwie machbar war, musste er Vincent ebenfalls aus dem Schlamassel holen.

5.

Im Laufe der Zeit probte Ben noch öfter den Aufstand und landete dafür prompt jedes Mal aufs Neue in der Arrestkammer. Der letzte Isolationsaufenthalt hatte neun Tage gedauert und ihn fast umgebracht. Er wollte nicht mehr daran denken, wie er sich vor dem Verdursten gerettet hatte ... Wie üblich hatte ihn Vincent abgeholt, unter die Dusche geschleppt und ihn danach gepflegt und aufgepäppelt. Er hatte gute zwei Wochen gebraucht, ihn wieder auf die Beine zu bringen, und er war seinem Freund unendlich dankbar dafür, dass er ihn nicht einfach aufgab. Sicher wäre es für alle Beteiligten leichter gewesen, wenn Ben sich seinem Schicksal ergeben hätte, aber das wäre in seinen Augen Schwäche gleichgekommen. Und Schwäche, das hatte er herausgefunden, bedeutete Verwundbarkeit. Deshalb weigerte er sich weiter, sich anzupassen, obwohl er bemerkte, dass Vincent durchaus recht gehabt hatte und seine Telepathie stark geworden war. Wahrscheinlich stärker, als es seine Lehrer und die Ärzte vermuteten, denn er hatte seine Kraft gut im Griff und nahm sich davor in Acht, mehr davon zu zeigen, als unbedingt nötig war. Beim Training mit anderen Telepathen musste er stets aufpassen, um ihre Barrieren nicht allzu schnell zu zerstören und sie womöglich zu verletzen, und er zwang sich jedes Mal, sein eigenes mentales Schild zu senken, damit auch sie Erfolge verzeichnen konnten.

Er war inzwischen fast fünfzehn Jahre alt, nur noch einen Kopf kleiner als Vincent, jedoch durch die vielen Aufenthalte im Kerker um einiges magerer als seine Kollegen.

*

An diesem Nachmittag stürmte er bei Unterrichtsende aus dem Klassenzimmer, damit er sich und Vincent in der Mensa eine doppelte Portion Lasagne sichern konnte – und rannte dabei ein Mädchen über den Haufen. Mit einem spitzen Schrei stürzte sie hin, ihre Bücher schlitterten über den Flur. Ben selber kam ebenfalls ins Straucheln, konnte sich jedoch rechtzeitig fangen und so der ungewollten Begegnung mit dem harten Boden entgehen. Verlegen hielt er ihr die Hand entgegen, um ihr aufzuhelfen. Sie griff danach und als sich ihre Finger um seine schlossen, jagte etwas, das einem elektrischen Schlag gleichkam, seinen Arm hinauf.

„Danke." Sie klang, als wolle sie ihm in der nächsten Sekunde an die Kehle springen. Ben beeilte sich, ihre Bücher einzusammeln und sie ihr in die Hand zu drücken. Dabei sah er ihr zufällig in die Augen. Tiefes, dunkles Blau ... sein Herz vollführte einen Purzelbaum in seiner Brust.

„Ent... Entschuldige. Ich bin ... also, Ben. Es tut mir leid, wirklich. Habe ich dir wehgetan? Willst du ... so als Wiedergutmachung ... willst du ... mit mir essen?" Okay. Wieso stotterte er und seit wann laberte er solchen Müll? Und wie zum Teufel kam er auf das schmale Brett zu glauben, ein

Mädchen wie dieses würde ausgerechnet mit *ihm* an einem Tisch sitzen und essen wollen? Zu seiner grenzenlosen Überraschung nickte sie.

„Klar, gern, wenn du mir eine Extraportion verschaffst. Ich heiße Mariah."

„Hallo, Mariah. Na, aber sicher bekommst du doppelte Menge!" Würden eben Vincent und er auf den Zuschlag verzichten ... Kein Problem.

Wie auf Wolken trabte er neben Mariah her und warf ihr immer wieder verstohlene Seitenblicke zu. Doch erst, als er ihr seinen Platz angeboten, drei Teller unverschämt voll gehäuft zu ihrem Tisch gebracht und sich gesetzt hatte, bekam er die Gelegenheit, sie ausgiebig zu mustern. Ihr langes, goldblondes Haar schimmerte faszinierend in dem kalten Neonlicht, ihre Bewegungen waren weich und anziehend, und sie hatte eine Stupsnase, die sich niedlich kräuselte, wenn Mariah lachte.

„Was macht die denn hier?" Vincent ließ sich auf seinen Stuhl fallen und bedachte Mariah mit einem angewiderten Blick, bevor er sich Ben zuwandte und ihn anlächelte. „Wie war dein Tag?" Anscheinend war er entschlossen, sie als nichtexistent zu betrachten.

Ben runzelte die Stirn. Normalerweise war Vincent ausgesprochen höflich zu allen Leuten und fast schon galant zu seinen Mitschülerinnen. Er verstand nicht, mit was sich Mariah eine derartige Behandlung verdient hatte.

„War ganz okay. Vince, das ist Mariah. Ich habe sie eingeladen."

Vincents einzige Reaktion bestand darin, verächtlich die Nase zu rümpfen, sich die Gabel zu schnappen und die Lasagne in Rekordzeit in sich hinein zu schaufeln. Kaum war sein Teller leer, schob er seinen Stuhl zurück und stand auf. Wortlos verließ er den Speisesaal, zurück blieb ein völlig verwirrter Ben.

„Normalerweise ist er nicht so", erklärte Ben und sah Mariah dabei tief in die Augen. Das waren die Augen eines Engels ... Ein kribbelnder Ball hüpfte in seinem Magen auf und ab und setzte bei jedem Sprung mehr Energie frei, die als Hitze durch Bens Eingeweide waberte.

„Ist schon in Ordnung. Vielleicht hatte er nur schlechte Laune." Sogar ihre Stimme war himmlisch. Weich, leise und melodisch. Wie in Trance nickte er.

Sie beendeten ihr Essen und aus irgendeinem unbekannten Grund fand Ben es schade, bald die Mensa verlassen und sich somit von Mariah verabschieden zu müssen. Fieberhaft überlegte er, was er sagen könnte, um sie wiederzusehen. Sicher, man lief sich in einer Schule wie dieser unweigerlich über den Weg oder traf sich beim Essen, aber das war es nicht, was er wollte.

Sie kam ihm zuvor.

„Sag mal, hast du morgen Nachmittag Zeit? Ich muss was für eine Prüfung recherchieren und könnte Hilfe brauchen."

„Na klar! Wann und wo?"

„Nach der Mittagspause, im kleinen Computerraum im siebten Stock."

„Ich werde da sein." Um diese Zeit hatte er zwar Unterricht, aber der konnte ruhig einmal ohne ihn stattfinden. Wieder fühlte er sich, als würde er auf Wolken schweben.

Mariah verabschiedete sich mit einem hinreißenden Lächeln und Ben glotzte ihr hinterher, bis sie um eine Ecke bog und aus seinem Blickfeld verschwand. Mit einem glücklichen Seufzen machte sich Ben auf den Weg in sein Quartier. Und dort würde er sich Vincent zur Brust nehmen.

*

„Was war denn das vorhin für eine Vorstellung?", fauchte er, kaum dass die Zimmertür hinter ihm zugefallen war.

„Das würde ich gern von dir wissen! Wieso schleppst du diese Sumpfralle an unseren Tisch?"

„Ich habe sie über den Haufen gerannt und wollte mich entschuldigen. Kein Grund, sie so zu behandeln oder sie zu beleidigen!"

„Da hätte es ein *Sorry* auch getan. Sie hat auf deinem Platz nichts verloren!"

Ben hockte sich im Schneidersitz auf sein Bett und sah Vincent kopfschüttelnd an.

„Was ist los mit dir, so kenne ich dich gar nicht."

„Ich mag sie nicht, das ist alles."

„Warum, was hat sie dir getan?"

„Nichts. Ich will sie nur nicht in meiner Nähe haben – und in deiner schon zweimal nicht."

„Du spinnst doch. Mariah ist echt nett."

Ein langer Blick aus tiefdunklen Iriden traf Ben, dann verdrehte Vincent die Augen und knurrte: „Boah, wisch dir dieses dämliche Grinsen aus dem Gesicht! Du siehst aus wie ein besoffener Waschbär!“

„Was? Ich grinse doch gar nicht!“ Tat er doch, wie er feststellte, nachdem Vincent ihn darauf hingewiesen hatte.

Murrend wälzte sich Vincent im Bett herum und drehte ihm den Rücken zu. Ein Buch, das wohl in Vincents Bett gelegen haben musste, flog mit Wucht an die Zimmerdecke, klatschte anschließend an die Wand und knallte schwungvoll präzise neben Bens Knie auf die Matratze. Das konnte nur Absicht gewesen sein, selbst wenn sich Vincent nicht auch nur minimal bewegt hatte.

Ben schnappte sich das Buch und feuerte es quer durch den Raum. Leider besaß er nicht Vincents Zielsicherheit, der Wurf ging daneben und traf den Rücken des Telekineten. Wie von der Tarantel gestochen schoss Vincent in die Höhe und wirbelte herum.

Ben fühlte eine unsichtbare Hand sich um seinen Hals legen, im nächsten Augenblick fand er sich knapp unter der Decke an die Wand gepinnt wieder. Der Druck schnürte ihm die Luft ab. Er röchelte und strampelte mit den Beinen.

Lass mich los, du Arsch, du bringst mich um!

Einen Moment lang nahm die Intensität der Umklammerung noch zu, dann wurde sie fortgerissen und Ben plumpste wie ein nasser Sack nach unten. Benommen lag er quer über dem Bett, halb darauf und halb daneben, und sog gierig Atem in seine brennenden Lungen.

Was hat dich denn gebissen, du Blödmann? Denken war gerade wesentlich einfacher als Sprechen. Außerdem: Wenn Vincent ihn telekinetisch angriff, durfte er ja wohl auch seine Kraft einsetzen, oder? Zumal er nicht versuchte, seinen Freund zu killen.

Lass mich in Ruhe.

Falls es dir entgangen sein sollte – du hast zuerst das Buch nach mir geworfen. Ich hab's dir nur zurück gegeben.

Dafür hast du dieses dämliche Weibsstück an unseren Tisch geholt.

Ah, darum ging es also noch. Ben hustete und richtete sich auf. Vincent lag wie zuvor mit dem Rücken zu ihm.

Er setzte sich zu seinem Freund und legte ihm die Hand auf die Schulter.

Was hast du gegen sie?

Hast du ihren Overall nicht gesehen? Er ist weiß!

Na und?

Sie ist eine Empathin.

Ben hatte seine Gedanken gut genug unter Kontrolle, um nicht einmal unterbewusst eine spöttische Antwort zu geben. Stattdessen schnaufte er tief durch und schloss die Augen, spürte dabei, wie sich Vincents Hand auf seine legte.

Mir ist klar, dass sie eine Empathin ist.

Warum nimmst du dich dann nicht in Acht vor ihr? Langsam, beinahe unmerklich verschränkte Vincent ihre Finger. Ben ließ ihn gewähren.

Warum sollte ich?

Sie manipuliert deine Gefühle.

„Das ist doch Quatsch, Vince. Welche Gefühle denn?"

Vincent drehte den Kopf und sah ihn eindringlich an – bis Ben begriff. Er begann zu lachen.

„Du hast echt ’ne Vollmeise! Sie ist ein Mädchen wie jedes andere auch. Da ist nichts, ehrlich. Und selbst wenn, würde das doch nicht dich oder unsere Freundschaft betreffen. Du bleibst immer mein Kumpel, egal ob ich ‘ne Freundin habe oder nicht, du Spinner.“

„Wie beruhigend.“

Ben sah förmlich den Sarkasmus aus Vincents Worten tropfen. Überhaupt wirkte Vince, als hätte er in eine Zitrone gebissen, und wandte sich wieder ab. Resigniert stand Ben auf und legte sich in sein Bett. Sollte der Geier schlau aus dem Telekineten werden, er wurde es jedenfalls nicht.

Die Stunden bis zum nächsten Mittag zogen sich zäh wie alter Kaugummi dahin. Nachdem zwischen ihm und Vincent seit dem vergangenen Abend eisiges Schweigen herrschte, hatte Ben keine Probleme, sein Essen hinunterzuschlingen und aus dem Speisesaal zu rauschen, sobald er den letzten Bissen im Mund hatte. Er stürmte zum Aufzug, sah, dass er warten musste, drehte um und rannte über die Treppe die drei Stockwerke nach oben. Die Tür zum Computerraum war nur angelehnt, und als er sie öffnete, sah er Mariah vor einem der Bildschirme sitzen. Behutsam schloss er die Tür, nahm sich einen Stuhl und stellte ihn leise neben sie. Eigentlich wollte er sie nicht stören, doch scheinbar war seine Anschleich-Aktion nicht ganz so geräuschlos vonstatten gegangen, wie erhofft. Sie sah ihn an und strahlte.

„Hi! Ich hatte schon befürchtet, du kommst nicht."

„Klar, ich hab es doch versprochen. Und was ich verspreche, halte ich auch."

„Warte, ich bin gleich fertig ..." Sie blickte wieder auf den Monitor, Ben hörte das altbekannte Klackern der Tastatur. Was sie schrieb, interessierte ihn nicht. Viel lieber betrachtete er ihr Gesicht im elektrischen Schein des Computerscreens. Er war so versunken in das, was er sah, dass er zusammenzuckte, als sie plötzlich sagte: „Hey, träumst du?"

„Hm, was, nein!"

„Ich sagte, ich bin fertig."

„Oh. Sorry. Das habe ich wohl überhört."

„Scheint fast so. Wozu bist du Telepath, wenn du deine Antennen nicht auf Empfang stellst?"

Er spürte, wie sich seine Wangen erhitzten, und zog den Kopf ein wenig zwischen die Schultern.

„Ich mache das nicht so gerne. Seit ich weiß, wie ich die Stimmen ausschalten kann, genieße ich die Ruhe in meinen Gedanken."

Mariah verzog das Gesicht zu einer leicht abfälligen Grimasse. „Das ist aber schade. So kann ich dich ja gar nicht erreichen, wenn wir beide im Unterricht sind ..."

„Aber wozu ..."

Sie legte ihm den Finger auf die Lippen und lächelte süß. Eine überraschend angenehme, prickelnde Gänsehaut jagte über seinen Rücken, eine zweite überkam ihn, als sie zärtlich über seine Lippen strich.

„Ich möchte es einfach können, nur so, ohne Grund."

Ben nickte wie ferngesteuert. Klar, es war ja kein Ding, sich sozusagen auf Empfang zu stellen. Und wenn es sie freute, hatten die Stimmen in seinem Bewusstsein wenigstens eine Berechtigung.

Okay, gab er ihr gedanklich sein Einverständnis.

Ihr Lächeln vertiefte sich, sie beugte sich leicht nach vorn, nahm den Finger von seinem Mund und verschloss ihn stattdessen mit ihrem.

Ein Feuerwerk an Empfindungen explodierte in seinem Inneren: Unglaube, Freude, Triumph, Zuneigung und eine Menge mehr. Selbst als der Kontakt abbrach und sie sich zurückzog, kam er sich vor, als würde er träumen. Sie stand auf und tätschelte ihm beiläufig über die Haare.

„Ich muss jetzt los. Ich meld' mich bei dir. Bis dann."

Damit war sie verschwunden und Ben blinzelte irritiert. Warum musste sie weg? Das ging doch nicht, er hatte extra den Unterricht geschwänzt ...

Er schloss die Augen und konzentrierte sich. Das Gewirr tausender Gedanken strömte wie eine irre Kakofonie auf ihn ein. Ächzend biss er die Zähne zusammen und fing an, systematisch eine Stimme nach der anderen aus seinem Geist zu werfen, bis genau zwei übrig blieben: Die lebhafte, muntere von Mariah und die ruhige von Vincent. An Vincent konnte er sich klammern, um Mariahs anstrengende Art auf Dauer auszuhalten.

Hey, was sollte das?, wollte er wissen, ohne daran zu denken, nicht nur mit Mariah zu kommunizieren. Um seine Verwirrung komplett zu machen, antwortete sie nicht, sondern riss eine Barriere nach oben. Eine schwache zwar nur, die er im Bruchteil einer Sekunde hätte zerstören können, aber die Ansage war deutlich: Lass mich in Ruhe.

Dafür hörte er Vincents dunkle Stimme. *Wo zum Geier bist du? Die Security sucht dich.*

Oh Shit! Panik durchzuckte ihn. Nein, er wollte auf keinen Fall wieder in das Kerkerloch, nicht ohne triftigen Grund!

Siebter Stock, Computerraum. Kannst du mir helfen?

Bleib dort und rühr dich nicht vom Fleck. Ich bin schon unterwegs.

Die Verbindung brach ab und Ben lauschte mit wild klopfendem Herzen auf die Geräusche, die vom Gang durch die geschlossene Tür drangen. Es dauerte etwa fünf Minuten – die Ben wie eine Ewigkeit vorkamen – bis die Tür aufflog und Vincent hereinstürmte. Er packte ihn an der Hand und zog ihn hinter sich her.

„Was immer auch passiert, du hältst deine Klappe und überlässt es mir, die Situation zu entschärfen. Hast du mich verstanden?"

Ben nickte schuldbewusst. Ihm war klar, dass er mit dieser Aktion nicht nur sich, sondern auch Vincent in Gefahr brachte. Wurden sie entdeckt, musste sich sein Freund schon eine extrem gute Ausrede einfallen lassen, um nicht ebenfalls in den Arrest zu wandern.

Die Türen gingen wie von Geisterhand auf, sobald sie in ihre Nähe kamen, und schlossen sich sofort lautlos hinter ihnen. Ben atmete zum ersten Mal durch, als sie sich in einem der Aufzüge befanden und nach unten fuhren. Drei Etagen tiefer hielt der Lift an und Ben erhielt einen Schubs, der ihn in den Gang stolpern ließ. Nur noch wenige

Schritte trennten sie von ihrem Quartier. Ben konnte es kaum glauben, doch sie erreichten ihr Zimmer unbehelligt.

„Oh Gott! Danke, Vince." Zitternd sank er auf sein Bett. Vincent baute sich vor ihm auf, die Arme vor der Brust verschränkt, und musterte ihn strafend.

„Erklärst du mir bitte, was du in diesem verfickten PC-Raum zu suchen hattest, anstatt in deiner Klasse zu sitzen?"

„Muss das sein?"

„Läufst du noch ganz rund? Ich habe gerade meinen verdammten Arsch für dich riskiert und du willst mir noch nicht mal den Grund dafür verraten? Also ja, es muss sein!"

Ben vermutete, dass ein gewaltiges Donnerwetter über ihn hereinbrechen würde, sobald Vincent die Wahrheit kannte. Aber wenn er ehrlich war, hatte er das für so viel Leichtsinn auch verdient.

„Ich hatte ein Date."

Vincent klappte der Unterkiefer auf die Brust, er starrte ihn entgeistert an. Der befürchtete Tobsuchtsanfall blieb aus, dafür nahm Vincents Gesicht ein ungesundes, grünliches Weiß an. Ohne jeglichen Kommentar verließ er den Raum.

Seltsamerweise fühlte Ben sich damit schlechter, als hätte ihm sein Freund ordentlich den Kopf gewaschen. Es tat ihm unendlich leid, Vincent durch seine Dummheit in Gefahr gebracht zu haben, und er schwor sich, ihn nie wieder derart zu missbrauchen. Andererseits war Vincent derjenige, dem er ohne Zögern sein Leben anvertraute. Es gab niemanden sonst, den er auch nur ansatzweise um Hilfe hätte bitten können, und Vincent hatte einmal mehr bewiesen, dieses Vertrauen in ihn und ihre Freundschaft auch wert zu sein. Es dämmerte Ben, dass nun allmählich er an der Reihe war, sich in den Augen seines Freundes zu bewähren.

Kurz war er drauf und dran, Vincents Gedankenmuster zu suchen und zu lokalisieren, um sich bei ihm zu entschuldigen, verwarf diesen Einfall jedoch ebenso schnell, wie der ihm eingefallen war. Vince hatte ihn nicht in Sicherheit gebracht, damit er jetzt auf der Suche nach ihm lustig in der Schule herumwanderte.

So schwer es ihm fiel – sein schlechtes Gewissen machte ihn noch hibbeliger als üblich –, er blieb in ihrem Zimmer und legte sich ins Bett, nur für den Fall, dass die Security auf die Idee käme, nochmals hier nach ihm zu suchen.

Ben konnte nicht genau sagen, wie viel Zeit vergangen war, bis Vincent das Zimmer betrat, auf jeden Fall sah er gefasster aus, nicht mehr ganz so wie eine lebende Leiche.

Er setzte sich auf und nagte verlegen an der Unterlippe.

„Hör mal, es tut mir leid und wird nicht wieder vor..."

„Schon okay", unterbrach Vincent ihn harsch.

„Nein, es ist eben *nicht* okay! Du hast für mich riskiert in Schwierigkeiten zu geraten, weil ich einen Fehler gemacht habe."

„Erzähl mir was Neues."

„Verdammt, Vince! Es war dumm von mir und ich will mich entschuldigen! Ich hätte dich da nicht mit reinziehen dürfen."

„Oh Mann, du kapierst gar nichts! Du hättest dich überhaupt nicht mit ihr treffen dürfen. Sie ist ... einfach nicht gut für dich."

Die Eindringlichkeit in diesen Worten irritierte Ben. Er hatte Vincent über die Jahre hinweg außer vergnügt und ausgeglichen durchaus auch verärgert, besorgt oder resigniert erlebt, aber der seltsame Tonfall, den er eben drauf hatte, war neu und verunsicherte Ben. Hauptsächlich, weil er ihn absolut nicht einzuschätzen vermochte.

„Warum ...?"

„Ben – lass es. Du machst doch sowieso, was du willst. Also frag mich erst gar nicht."

Beleidigt grapschte Ben blind nach einem Buch von seinem Regal und tat so, als würde er lesen. Wenn Vincent ihm nicht erklären wollte, woher seine Bedenken kamen, sollte er besser von Haus aus die Klappe halten und keine Andeutungen machen, aus denen kein Mensch schlau wurde!

Auf diese Weise konnte er ihn jedenfalls nicht davon abhalten, Mariah wieder zu sehen.

*

Bereits am nächsten Tag hielt Ben sein Versprechen Mariah gegenüber ein und stellte sich sozusagen telepathisch auf Empfang. Im Grunde rechnete er nicht damit, nach dem gestrigen Vorfall überhaupt von ihr zu hören, und war dementsprechend überrascht, als sie bereits in der ersten Unterrichtsstunde leise in seinen Gedanken wisperte.

Ben? Bist du da?

Ben klinkte sich aus dem Nahkampftraining aus, indem er sich theatralisch zu Boden fallen ließ, sein Bein rieb und laut über einen Wadenkrampf jammerte. Sein Lehrer schickte ihn sofort von der Matte. Humpelnd und stöhnend zog sich Ben zurück, setzte sich auf eine niedrige Bank am Ende der Turnhalle, schloss die Augen und konzentrierte sich auf das Mädchen.

Ja, ich bin hier. Guten Morgen.

Ihr leises Lachen füllte sein Bewusstsein aus und versetzte ihn in einen erregten Taumel.

Guten Morgen. Ich möchte mich für gestern bei dir entschuldigen, eigentlich wollte ich den ganzen Nachmittag mit dir verbringen, aber nach unserem ... Kuss ... war ich total durch den Wind. Es war mein erster.

Einmal mehr flammte aufgeregtes Kribbeln in seinem Magen auf, zog sich quer durch seinen ganzen Körper und sammelte sich merkwürdigerweise in seinen Lenden, als wäre eine gewaltige Ameisenarmee auf der Suche nach einem geeigneten Truppenübungsplatz, den sie ausgerechnet in seinem Unterleib fand.

Meiner auch.

Aus irgendeinem Grund fand er dieses Defizit bei einem Mädchen reizvoll, bei einem Jungen dagegen war es fast so etwas wie ein Armutszeugnis, weswegen ihm dieses Geständnis auch schwerfiel. Trotzdem wäre ihm nie in den Sinn gekommen, sie anzulügen.

Ich würde das gern wiederholen – und ein wenig vertiefen.

Ben blieb fast das Herz stehen, als er den Sinn in ihrem Angebot begriff. Ungeheure Aufregung überfiel ihn. Er wollte gar nicht daran denken, welche Möglichkeiten sich ihm gerade eröffneten ...

Treffen wir uns heute Nachmittag?

Hast du denn keinen Unterricht?

Nein, nur den blöden Labortermin. Den hasse ich sowieso.

Sie schwieg und Ben befürchtete beinahe, er hätte die Verbindung verloren. Gerade, als er sie rufen wollte, meldete sie sich wieder.

Du darfst den Termin nicht sausen lassen. Die Behandlung ist viel zu wichtig. Wie willst du mich denn beschützen, wenn deine Telepathie zu schwach ist oder du sie nicht unter Kontrolle hast? Ich mache dir einen Vorschlag: Du gehst heute ins Labor und im Anschluss kommst du zu mir in mein Zimmer. Was hältst du davon? Ich sage dir beim Abendessen, wohin du kommen sollst.

Ben war so sprachlos, dass ihm nicht nur die Worte, sondern auch die Gedanken fehlten. Dafür nickte er wie blöde, bis sein Trainer auf ihn zukam und ihn fragte, ob alles in Ordnung sei. Einen Augenblick lang starrte er den Mann an, als hätte er ein Alien vor sich, dann sprang er auf und grinste.

„Alles bestens! Besser könnte es gar nicht sein!“

Von diesem Moment an nahm er so euphorisch und energiegeladen wie selten zuvor an jeglichem Training teil. Er fühlte sich, als müsste er vor Freude platzen, und dieses Gefühl trug er nach außen. Egal ob es nun das Kampftraining war, Schießübungen mit verschiedenen Waffen oder diverse telepathische Aufgaben – es gab nichts, was er an diesem Tag nicht mit Bravour bewältigte. Das Lob seiner Lehrer beflügelte ihn zusätzlich, sodass er sich am Nachmittag mit hervorragender Laune freiwillig auf den sonst so verhassten Stuhl schnallen ließ.

*

An diesem Abend ging ein Traum in Erfüllung. Na ja, wenigstens fast. Bisher hatte Ben durch sein Verhalten und die daraus resultierenden Strafen andere Probleme gehabt, als sich um die verborgenen Sehnsüchte seines Körpers zu kümmern. Überhaupt war dieses beständige Ziehen zwischen seinen Beinen erst aufgetaucht, als er Mariah kennengelernt hatte – aber nachdem er so gut wie nie allein war, hatte sich für ihn keine Gelegenheit ergeben, festzustellen, wie er dem Abhilfe schaffen konnte. Als er kurz vor Mitternacht in sein eigenes Zimmer zurück schlich, wusste er es. Nicht einmal der Umstand, dass Vincent noch wach war und auf ihn wartete, vermochte sein Hochgefühl, ausgelöst durch diverse atemberaubende Orgasmen, in irgendeiner Weise zu schmälern.

„Wo kommst du jetzt her?“

Ben wand sich aus seinen Klamotten, sank erschöpft auf sein Bett und genoss die kühle Luft an seinem erhitzten Schwanz. Er rekelte sich genüsslich, rollte sich auf die Seite und grinste Vincent an.

„Ich ...“

„Schon gut, ich will es gar nicht wissen. War ja so klar.“ Knurrend wuchtete er sich mit dem Gesicht zur Wand und brummte etwas Unverständliches vor sich hin. Wie von selbst kippte der Lichtschalter nach oben, von einer Sekunde zur anderen lag das Zimmer in Dunkelheit.

Ben verdrehte die Augen. Was war denn jetzt schon wieder los? Er war nicht einmal dazu gekommen, seine berauschenden Neuigkeiten mit Vincent zu teilen. So ein Arsch! Wenn er es nicht besser wüsste, würde er glatt behaupten, Vincent sei eifersüchtig. Aber dazu gab es ja gar keinen Grund. Oder? Die Erkenntnis schoss ihm heiß in die Glieder: Natürlich war Vincent eifersüchtig! Mit angehaltenem Atem schlüpfte er aus dem Bett, tappte im Dunkeln durch den Raum und kniete sich neben seinem Freund auf den Boden.

„Hör mal, Vince, es tut mir leid, es ... es hat sich mit ihr und mir einfach so ergeben. Ich wusste ja nicht, dass du auf Mariah stehst."

Vor ihm raschelte das Bettzeug leise, Ben konnte es zwar nicht sehen, aber er schätzte, dass sich Vincent zu ihm umgedreht hatte.

„Was? Sag das noch mal!"

„Na ja, deswegen bist du doch so sauer, oder? Ich habe sie dir weggeschnappt."

Was genau er auf diese Entschuldigung hin erwartet hatte, wusste er nicht, auf jeden Fall nicht das laute, wiehernde Lachen, in das Vincent verfiel.

Das Licht ging wieder an und Ben sah direkt in Vincents vor Lachtränen nass glänzendes Gesicht. Konsterniert betrachtete er seinen Freund, der sich in einer trotzig wirkenden Bewegung das Wasser aus den Augen wischte.

„Du bist echt so ein dämliches Arschloch, Ben. Lass mich in Ruhe, geh ins Bett und schlaf endlich."

Angefressen rappelte sich Ben hoch, im Vorbeigehen hämmerte er seine Faust auf den Lichtschalter und warf sich auf seine Matratze. Ehrlich, Vincent konnte ihn langsam mal! Da sprang er schon über seinen Schatten, entschuldigte sich, und Vince lachte ihn einfach nur aus! Was sollte das? Überhaupt: Was daran war zum Lachen? Bei aller Liebe, wenn ihm jemand Mariah wegschnappen würde, wäre das Letzte, das ihm einfiel, ein Lachanfall ... Er konnte einfach nicht verstehen, was gerade in Vincent vorging. So sehr er auch darüber nachgrübelte, er kam nicht dahinter, was in seinem Freund vorging, was ihn noch mehr ärgerte. So dauerte es eine gefühlte Ewigkeit, bis er endlich einschlafen konnte.

*

Die nächsten Wochen vergingen wie im Flug. Zum ersten Mal, seit er sich an der Schule befand, folgte er dem Unterricht mit Feuereifer, seine Lehrer lobten ihn in den höchsten Tönen. Widerspruchslos ließ er sich sogar die Injektionen verabreichen und stand zu sämtlichen Folgetests artig zur Verfügung. Sein Verhältnis zu Vincent war nach wie vor unterkühlt, was ihn zwar fürchterlich störte, aber da er jeden Abend in Mariahs Zimmer verbrachte und wiederholt über Nacht bei ihr blieb, gelang es ihm hervorragend, sich von diesem Umstand abzulenken. Er war sexuell ausgelastet und fast rundum glücklich. Fast – denn immer, wenn er zur Sprache brachte, richtig mit ihr schlafen zu wollen, lenkte sie ihn ab oder erfand Ausreden, um ihn zu vertrösten. Allerdings war alles andere, was sie mit ihm anstellte, durchaus mehr als befriedigend. Er hatte also keinen Grund sich zu beschweren.

Als er an diesem Abend jedoch in ihr Zimmer trottete, war seine Laune auf dem Nullpunkt und nicht einmal der Anblick des hauchdünnen, durchsichtigen Negligés, das sie trug, entlockte ihm ein Lächeln.

„Hey, was ist denn los?" Mariah schlang die Arme um seinen Hals und schmiegte sich an ihn. Mit einem genervten Grunzen pflückte er sich ihre Arme von den Schultern und warf ihr einen resignierten Blick zu.

„Ich soll nächste Woche an so einem blöden Test teilnehmen, damit ich in die nächste Ausbildungsstufe komme."

„Und? Das ist doch normal."

„Aber nicht sowas!"

„Warum, worin besteht der Test?"

„In einem telepathischen Angriff."

Mariah sah ihn erst mit großen Augen an, dann bildete sich auf ihren Lippen ein feines Lächeln.

„Davor brauchst du doch keine Panik haben, das schaffst du doch locker."

„Darum geht's doch gar nicht!"

„Worum geht's dann?"

Ben verstand nicht, dass sie ihn nach all der Zeit, die sie zusammen verbracht hatten, noch immer nicht gut genug kannte, um sein Problem zu begreifen.

„Ach, vergiss es!", giftete er und stürmte aus dem Raum. Ruhe, er brauchte jetzt einfach Ruhe. Zum Nachdenken und um eine Entscheidung zu treffen. Ziellos wanderte er durch die Gänge, bis er schließlich vor der Tür zu seiner eigenen Unterkunft stand. Nach kurzem Zögern drückte er entschlossen die Klinke nach unten.

Vincent sprang sofort von seinem Platz am Schreibtisch auf, als Ben das Zimmer betrat, und schloss ihn in die Arme, nur um ihn gleich wieder loszulassen und betreten den Blick zu senken.

„Sorry. Ich habe nur von deiner Prüfung gehört und da wollte ich ..." Schulterzuckend brach er ab.

Das Gestammel und die darin steckende Aussage trieb Ben die Tränen in die Augen. Nun war er es, der sich seinem Freund an den Hals warf und sein Gesicht in dessen Halsbeuge versteckte.

„Ich kann das nicht, Vince!" Es war ihm egal, ob Vincent sein von Schniefen unterbrochenes Nuscheln verstand – die Grundproblematik war seinem Freund anscheinend von der ersten Sekunde an klar gewesen.

Sanft glitten Vincents Hände über seinen Rücken, tröstend und beruhigend.

„Dann lass es. Sie werden dich nicht dazu zwingen."

Es dauerte ein wenig, bis sich Ben wieder soweit in der Gewalt hatte, dass er den Kopf heben und Vincent loslassen konnte.

„Sie werden mich für einen Versager halten."

„Das ist egal. Wichtig ist, dass du dir danach noch selber in die Augen schauen kannst. Du hast bis jetzt alles getan, was sie von dir verlangt haben, du musst nicht bis zum Äußersten gehen. Tu, was du für richtig hältst, und lass dich nicht zu etwas überreden, das du nicht vor dir selbst vertreten kannst."

Ben hörte aufmerksam zu, dachte über den Ratschlag nach, nickte schließlich schwach und seufzte leise.

„Du hast recht. Danke, Vince!" Aus einem Reflex heraus drückte er Vincent einen Kuss auf die Lippen und rannte los, zurück zu Mariah, um ihr seinen Entschluss mitzuteilen.

„Ich verstehe dich nicht, Ben! Du fliegst von der Schule, wenn du dich weigerst, die Prüfung zu machen. Und was wird dann aus uns? Hast du darüber auch nachgedacht? Oder bin ich dir so wenig wert, dass du das für eine so lächerliche Aufgabe aufs Spiel setzt?"

Ben starrte sie fassungslos an. „Nein, natürlich nicht!"

„Dann mach diesen verdammten Test!"

„Begreifst du das denn nicht, ich will niemanden mit dieser gottverfluchten Telepathie angreifen und vielleicht sogar verletzen, wenn nicht Schlimmeres."

Einen Moment lang glaubte Ben in ihrem Gesicht Hass aufblitzen zu sehen, dann hatte es wieder dieselbe weiche, verführerische Miene wie immer. Sie tigerte geschmeidig auf ihn zu und strich ihm mit dem Zeigefinger vom Hals über das Brustbein und den Bauch, wölbte ihre Handfläche zwischen seinen Beinen und massierte seinen Schwanz geschickt mit den Handballen.

„Ich habe eine ganz besondere Belohnung für dich, wenn du an der Prüfung teilnimmst – und sie bestehst“, hauchte sie ihm anzüglich ins Ohr.

Sein Körper reagierte, bevor sein Verstand begriff, was sie ihm damit sagen wollte; sein harter Schwanz presste sich gierig gegen den Reißverschluss des Overalls.

„Das ist Erpressung!“

„Nein. Ein Anreiz.“ Sie lachte glockenhell, küsste ihn auf die Nasenspitze, löste sich von ihm und machte einen Schritt zurück. „Und damit die Verlockung noch größer wird, werden wir uns die kommenden Tage nicht sehen und auch keinen telepathischen Kontakt haben. Ich muss mich auf eine wichtige Arbeit vorbereiten, da würdest du mich ohnehin nur stören.“

„Das ist nicht dein Ernst ...“

„Doch, mein vollster.“ Wie um ihre Worte zu bekräftigen, schob sie ihn aus dem Zimmer und schlug die Tür hinter ihm zu. Ben hörte, wie der Schlüssel im Schloss gedreht wurde, und hatte das Gefühl, als hätte ihm jemand einen Kübel Eiswasser über den Kopf geschüttet. Das durfte doch nicht wahr sein! Er rüttelte an der Klinke, rief ihren Namen, hämmerte gegen die Tür – ohne Erfolg, sie blieb verschlossen. Verzweifelt versuchte er, eine gedankliche Verbindung zu Mariah herzustellen, nur um auch hier nach einem kurzen Kontakt aus ihrem Geist geworfen zu werden. Wie ein begossener Pudel trottete er in sein Quartier und verstand die Welt nicht mehr. Ihm war zum Heulen zumute. Warum verhielt sich Mariah so? Warum wollte sie ihn in diese Prüfung zwingen? Was brachte ihr das? Zorn über Mariah machte sich in ihm breit und hielt sich die Waage mit aufkeimender Angst vor seiner möglichen Entscheidung.

6.

Die folgenden fünf Tage stellten sich als Bens ganz private Hölle heraus. Er war hin und her gerissen zwischen Vincents vernünftigen Argumenten und der verlockenden Aussicht, die Mariah ihm zugeflüstert hatte. Überhaupt Mariah: Immer, wenn er an sie dachte oder in der Mensa einen kurzen Blick auf sie erhaschen konnte, hatte er mit einer Monstererektion zu kämpfen. Zum Wochenende hin befand er in einem Zustand akuter Dauergeilheit und nervte Vincent mit seinem Herumgezappel.

„Du bist unerträglich!", hatte Vincent gebrummt. „Mach's dir endlich selbst, das ist ja nicht zum Aushalten mit dir!"

„Spinnst du, ich fasse mich doch nicht selber an! Wofür hab ich schließlich eine Freundin?"

„Dann zieh dich aus, ich mach's dir."

„Geht's noch?"

„Warum? Wozu hast du schließlich einen Freund?"

Ben hatte ihm einen Vogel gezeigt und sich im Anschluss erst in der Sporthalle verausgabt und danach eiskalt geduscht. Aber auch diese Abkühlung war nur temporär gewesen.

Am Morgen des Prüfungstages stieß Ben in der Mensa mit Mariah zusammen. So ganz zufällig war ihr Treffen wohl nicht, vermutete er, als sie ihn verführerisch anlächelte, statt ihn wie die letzten Tage zu ignorieren, „Viel Erfolg!" murmelte und ihm einen flüchtigen Kuss auf die

Wange schmatzte. Ehe er zu einer Antwort fähig war, war sie verschwunden, als hätte sie sich in Luft aufgelöst. Er fragte sich, woher sie wissen wollte, ob er überhaupt an dem Test teilnehmen würde. Natürlich stand sein Entschluss fest, genau das zu tun, seit sie ihm die Belohnung dafür vor Augen gehalten hatte.

Also machte er sich nach einem kargen Frühstück, bei dem er beim besten Willen nichts hinunter bekam, auf den Weg in die Eingangshalle. Zu Bens Bedauern waren die Fenster durch Jalousien verdeckt, sodass nicht einmal der winzigste Blick nach draußen möglich war. Was vielleicht auch besser war, so blieb der Welt wenigstens verborgen, was er gleich tun würde. Die schwere, doppelflügelige Eingangstür aus dunklem Holz zog ihn in ihren Bann, wie immer, wenn er hier oben war. Vor wie vielen Jahren war er durch diese verfluchte Tür in diese beschissene Schule gebracht worden? In all den Jahren hatte er sie kein zweites Mal durchschritten ... Gefangen in einem Labyrinth unter der Erde wie ein verdammter Lemming! Wie sich wohl der Wind auf seiner Haut anfühlte? Regen? Sonnenstrahlen? Er erinnerte sich schon lange nicht mehr. Richtiges Sonnenlicht, hell und warm, nicht das fahle, bläulich-violette Kunstlicht der UV-Lampen, die in den fensterlosen Räumen und Sälen im Institut den Tag-Nacht-Rhythmus simulierten ...

„Ah, Ben! Ich freue mich, dich wiederzusehen." Dr. Dumont unterbrach mit Quakstimme seine trübsinnigen Überlegungen. Ben wusste, was von ihm erwartet wurde, und obwohl es ihm zuwider war, zwang er sich zu einem Lächeln.

„Guten Morgen, Dr. Dumont. Ich wusste nicht, dass Sie an der Prüfung teilnehmen."

„Ich nehme nicht teil, ich sehe zu. Ich bin der Prüfer."

Wie schade, schoss es Ben durch den Kopf. Wäre Dumont sein Gegner gewesen, er hätte keinerlei Skrupel gehabt, ihn anzugreifen. Im Gegenteil, es wäre ihm ein ausgesprochenes Vergnügen gewesen, dem schmierigen Scheißkerl einen kräftigen Tritt in den mentalen Arsch zu verpassen.

Zu seiner Erleichterung gesellten sich weitere Schüler und zwei der Lehrer zu ihnen – die Gefahr, etwas zu sagen, das er nur wieder büßen müsste, war viel zu groß, solange er mit Dumont alleine war. Auf einen Wink von Dumont hin bauten sich alle gehorsam vor dem Mann auf, nur Ben zögerte, bis er sich einen Ruck gab und in die Reihe stellte. Ihm war aus mehreren Gründen extrem zum Kotzen zumute: Dumonts Anwesenheit, die Aufregung, die plötzlich von ihm Besitz ergriff, Dumont, die Angst vor seiner Aufgabe und Dumont waren nur einige davon.

„Zona und Jack, ihr beide fangt an."

Die Angesprochenen traten vor und stellten sich einander gegenüber auf. Ben zog sich diskret in den Hintergrund zurück, gleichermaßen neugierig und fluchtbereit. Eine gefühlte Ewigkeit geschah nichts, außer dass sich die Kontrahenten anstarrten. Ben hätte gerne gewusst, in welchem Stadium des Angriffs sie sich befanden, doch er würde den Teufel tun und sich absichtlich bei einem von ihnen ins Bewusstsein klinken.

Alles okay bei dir?

Vincents Stimme ertönte so unvermittelt in seinem Geist, dass Ben zusammenzuckte.

Klar, ich bin noch nicht dran.

Du kannst es dir immer noch überlegen, Ben.

Ist schon gut. Ich bin hier, also ziehe ich es auch durch.

Na dann: Viel Glück!

Vincent klang so traurig, dass Ben automatisch den Link verstärkte und seinen Freund in Gedanken umarmte. Wärme durchflutete ihn, als diese Geste mental erwidert wurde.

Glück ist für Leute, die nichts können, das weißt du doch.

Er hätte ihm gerne noch mehr gesagt, doch ihre Verbindung wurde durch ein lautes Klatschen jäh unterbrochen. Verwirrt sah Ben sich um und entdeckte Zona reglos auf dem Boden liegen. Angst kochte in ihm hoch. Wie weit war Jack mit seiner Attacke denn nur gegangen?

Natürlich wusste er, was ein entfesselter Telepath mit einem Gehirn anstellen konnte, wenn er seine Kraft entsprechend beherrschte – umsonst wurden sie hier ja nicht „gedrosselt“ – und er hatte auch geahnt, dass es bei dieser Aufgabe richtig zur Sache gehen würde, sonst hätte er keine Angst davor haben brauchen, aber insgeheim hatte er gehofft, dass ihre Lehrer einschreiten würden, wenn es zu ernst wurde. Wie es aussah, war das ein Trugschluss gewesen ...

Sein Blick lag auf Dominic, gegen den er gleich antreten musste, aus den Augenwinkeln bemerkte er Jorja auf Zona zu rennen und sein Entsetzen wuchs. Krampfhaft konzentrierte er sich auf Dominic. Zwei Jahre älter, entsprechend erfahrener, ein wenig größer und breiter als er selbst, mit einem fiesen Grinsen im Gesicht und einem entschlossenen Ausdruck in den Augen.

Ich bin nur das Kanonenfutter für ihn, schoss Ben durch den Kopf. *Entweder das, oder ich wehre mich, so gut ich kann, aber dann ... könnte ich ihn ernsthaft verletzen. Wenn nicht Schlimmeres. Was soll ich nur tun? Ich will das doch nicht! Vincent, hilf mir!*

Er erhielt keine Antwort – wie auch? –, doch als Jorja mit Zona auf den Armen aufstand und den Ring sozusagen freimachte, vernahm Ben das hektische Quietschen von Turnschuhen, mit denen jemand auf dem marmorgefliesten Boden rannte. Es verstummte, gleich darauf schlenderte Vincent in die Halle, die Hände lässig in den Hosentaschen vergraben, als befände er sich auf einem Spaziergang. Dumont runzelte missbilligend die Stirn.

„Was willst du hier?“

„Zusehen. Ich habe eine Freistunde.“

Bei Vincents überaus beiläufigem Ton fiel Ben ein tonnenschweres Gewicht vom Herzen. Sein Freund war ein verdammt guter Schauspieler, er kannte ihn gut genug, um das zu wissen. Für einen Moment fing er den Blick aus den dunklen Augen auf, der „Du schaffst das!“ zu besagen schien. Klar, Vincent würde sich hüten, ihn gerade jetzt gedanklich abzulenken. Ben antwortete mit einem kleinen Lächeln, stellte sich Dominic gegenüber auf und fixierte ihn durch leicht zusammengekniffene Lider. Gegen seinen Rivalen hatte er nur eine Chance: Indem er ihn sofort und ohne zu Zögern außer Gefecht setzte. Das Ganze durfte nicht mehr als maximal sechzig Sekunden dauern, am besten nur halb so lange.

Er konzentrierte sich, wie aus weiter Ferne hörte er Dumonts „Und los!“. Mit aller Kraft fokussierte er sein PSI auf Dominic, sein Bewusstsein drang in das des Älteren ein, gleichzeitig riss Ben seine Abschirmung nach oben. Er stellte sich vor, wie sich die elektrische Spannung in Dominics Synapsen erhöhte, nicht langsam, weich, den geringstmöglichen Schaden verursachend, sondern schlagartig, aggressiv und vernichtend, ein Blitz, der in eine Stromleitung einschlägt.

Schmerz zeichnete sich auf Dominics Miene ab und wandelte sich in Entsetzen, als er die Hand hob und sich Blut von der Nase wischte.

„Ben! Stopp!“ Vincents Stimme war ein unscharfes Fragment am Rande seiner Wahrnehmung. Mehr Spannung, noch mehr ... Mitleidlos beobachtete er, wie das rote Tröpfeln aus Dominics Nase zu einem beständigen Rinnsal anschwoll, über das Kinn tropfte und in seinem weißen Shirtkragen versickerte. Wilde Erregung, ein berauschendes Gefühl von Macht überschwemmte ihn und riss ihn mit sich fort. Da ging doch sicher noch mehr!

DU wolltest gegen MICH antreten? DU wolltest MICH fertigmachen? Ernsthaft?

Über Dominics Wangen perlten blutige Tränen, liefen aus seinen Ohren und zogen sich in roten Schlieren den Hals entlang nach unten.

Ein harter Schlag in Bens Gesicht unterbrach den mentalen Overkill, und Ben konnte sich gerade noch zügeln, um nicht Vincent anzugreifen, der vor ihm stand und ihn schüttelte.

Mit einem gequälten Brüllen, das klang wie das eines verwundeten Tieres, ging Dominic in die Knie und lag schließlich zuckend auf dem Boden. Bens Magen drehte sich um. Nicht einmal, mehrfach, und es kostete ihn einiges an kaum vorhandener Beherrschung, sich nicht hier und jetzt auf seinen Sparringspartner zu übergeben.

Er spürte eine Berührung an der Schulter, Vincents Arm, der sich schützend um ihn legte, hörte das aufgeregte Stimmengewirr einer planlosen Diskussion, von der er kein Wort verstand. Einzig dass es um ihn ging, drang klar zu ihm durch. Jorja huschte vorbei und kniete sich neben Dominic. Ben wollte etwas sagen, ihr erklären, was geschehen war, doch sie scheuchte ihn harsch zur Seite. Widerwillig folgte er in die Richtung, in die Vincent ihn schob, weg von dem Durcheinander, das seine Aktion ausgelöst hatte. Hände legten sich warm in sein Gesicht und zwangen ihn, seinen Freund anzusehen.

„Ben, was war da los?"

Er schüttelte schweigend den Kopf und zuckte die Schultern.

„Weißt du, was passiert ist? Was du getan hast?"

Was für eine dämliche Frage! „Natürlich. Ich habe ihn fertiggemacht, bevor er mich fertigmachen konnte."

„Du hattest dir doch vorgenommen, niemanden zu verletzen ..."

„Ich weiß. Aber dann habe ich gesehen, was mit Zona geschehen ist. Und Dom ... Alles an ihm hat geschrien, dass er gnadenlos zuschlagen wird, um diese Scheißprüfung zu bestehen. Ich hatte einfach Angst, Vince, ist das so schwer zu begreifen? Ich hab ihn gepackt und ... und es war geil! Ich habe gesehen, wie das Blut aus seiner Nase kam, als wäre es in Zeitlupe geflossen und ... Vince, das war ein Gefühl wie kurz vor einem Orgasmus! Ich wollte nur noch mehr, wollte es zu Ende bringen ...“

Zusammen mit den Worten, die einfach aus ihm heraus sprudelten, wallte Scham in ihm auf, brennend heiße Scham, die das Hochgefühl des Triumphs zu Asche verglühte. Er ließ seinen Kopf auf Vincents Schulter sinken und vertraute darauf, dass sein Freund wenigstens noch ein paar Minuten bei ihm blieb und ihn festhielt. Nachher durfte Vincent sich gern angewidert abwenden und ihn aus seinem Leben streichen, aber nicht jetzt, noch nicht. Erst musste er ihn noch ein klein wenig halten und für ihn da sein. Weil er gerade nicht allein sein konnte, weil er sich selbst nicht ertrug. Und weil es keinen anderen gab, der für ihn da war.

Ben drehte den Kopf und sah Dumont auf sich zukommen.

„Das war unglaublich! In all den Jahren, die ich inzwischen diese Einrichtung leite, habe ich so eine Kraft bisher nur einmal erlebt!“, rief er und redete dabei so hektisch, dass es sich anhörte wie ein einzelnes, furchtbar langes Wort, das man nur mit Mühe verstand. Aber nicht nur darin zeigte sich seine Aufregung, sondern auch in der Art, mit der er wild gestikulierte.

Ganz automatisch öffnete Ben den Mund, um dem Schulleiter zu antworten, um ihm entgegen zu brüllen, was für ein Arschloch der sei und dass es keinen Grund für ihn gab, auf diese Leistung in irgendeiner Form stolz zu sein. Doch noch während er für seine Erwiderung Luft holte, spürte er, wie sich Vincents Finger in seine Schulter gruben und bemerkte das minimale Kopfschütteln seines Freundes. Er klappte den Kiefer wieder zu und senkte beschämt den Kopf. Vincent hatte recht, es lohnte sich nicht, jetzt eine Grundsatzdiskussion mit einem Mann zu beginnen, dessen erklärtes Ziel es war, unschuldige Kinder zu den leistungsfähigsten Killern der Welt zu erziehen.

„Ich bringe Ben in sein Zimmer. Er muss erst einmal verdauen, was passiert ist." Erneut legte Vincent ihm den Arm um die Schulter und führte ihn behutsam aus der Halle, als Dumont wortlos zustimmte.

Auf dem Weg zu ihrer Unterkunft kam ihnen eine freudestrahlende Mariah entgegen. Sie beachtete Vincent nicht, fiel Ben um den Hals und überhäufte sein Gesicht mit kleinen Küsschen.

„Es hat sich schon wie ein Lauffeuer herumgesprochen!" Mariah jubelte lachend. „Du hast Dom in Rekordzeit fertiggemacht! Ich wusste, du kannst es, wenn du nur willst! Dafür bekommst du heute Nacht deine Belohnung!"

Vincent ließ Ben los und machte einen Schritt zur Seite, genervt verzog er das Gesicht. „Ich gehe schon mal vor, das muss ich mir nicht anhören."

Ben wollte ihn aufhalten, doch Mariah hielt ihn davon ab. „Lass den Spinner gehen, du brauchst ihn nicht. Der Langweiler stört doch nur."

Mariahs Finger, die verheißungsvoll über seine Brust strichen und dabei wie zufällig seine Brustwarzen streiften, erstickten jede Erwiderung effektiv und machten Lust auf mehr. Warum sollte er bis zum Abend warten? Mariah war hier, er hatte ihre Bedingungen erfüllt und keine Lust mehr, sich mit Appetithäppchen zufrieden zu geben. Genau das sagte er ihr auch.

Sie sah auf ihre Uhr und schüttelte übertrieben bedauernd den Kopf. „Tut mir leid, Ben, mein Unterricht geht gleich weiter. Wir sehen uns heute Abend, ja? Bis dann." Damit rannte sie los und ließ Ben einmal mehr mit einer mächtigen, pochenden Erektion frustriert stehen.

Wenige Minuten später schlug er angefressen die Zimmertür hinter sich zu.

„Na das ging ja schnell ..." Vincents spöttischer Ton gab ihm den Rest. Erschöpft und enttäuscht fiel er auf sein Bett, legte sich den Unterarm über die Augen und kämpfte mit seiner Fassung. Er war physisch, psychisch und emotional am Ende.

„Die anderen haben mich angesehen, als sei ich ein Monster. Dabei sind die doch auch nichts anderes als ich."

„Doch, sind sie. Keiner von ihnen hat eine Macht, die deiner auch nur annähernd nahe kommt, und deswegen haben sie Angst vor dir. Was du heute getan hast, dürfte gar nicht möglich sein."

Ben nahm den Arm von seinem Gesicht und betrachtete Vincent lange und eingehend.

„Aber du hast keine Angst vor mir, oder?"

„Nein. Ich weiß, dass du mich niemals angreifen würdest. Außerdem könnte ich mich durchaus wehren." Er setzte sich auf die Bettkante und strich Ben eine Locke hinter das Ohr. „Es hat mir wehgetan, dich so zu sehen, Ben. Deine Attacke auf Dom war dabei nicht einmal das Schlimmste, es war die Miene, die du dabei gemacht hast. Ich habe dich noch nie so boshaft grinsen sehen."

„Was? Ich habe doch nicht gegrinst!"

„Doch, hast du. Du hast vollkommen entspannt gewirkt, und so, als hättest du eine ganze Menge Spaß. *Das* war das Angst einflößende bei der ganzen Sache."

Diese Analyse traf Ben tief.

„Wie lange habe ich eigentlich gebraucht?"

Vincent zuckte die Schultern. „Zehn Sekunden, würde ich sagen. Wenn's hoch kommt, fünfzehn."

Fünfzehn Sekunden? Das konnte nicht sein! Für ihn hatte sich das nach Minuten angefühlt. Und er konnte noch immer nicht glauben, dass er dabei gegrinst haben sollte ... Okay, ja, es *hatte* Spaß gemacht. Kurz rief er sich das triumphale Gefühl ins Gedächtnis zurück, das in ihm aufgewallt war, als er das Blut aus Dominics Nase fließen sah. Es war aufregend gewesen, zu erkennen, zu was er fähig war. Aufregend und erregend. Und wenn er ehrlich war, wurde er bei der bloßen Erinnerung richtiggehend geil. Er schloss die Augen und ließ zu, dass das Feuer in seine Lenden schoss, dort aufglühte und ausbrach, Vincents Finger in seinem Haar schürten es eifrig weiter an. Das Angebot, das Vincent ihm vor nicht allzu langer Zeit gemacht hatte, kam ihm wieder in den Sinn. Er brauchte Erleichterung, jetzt, nicht erst heute Abend. Vorsichtig griff er nach Vincents Hand und dirigierte sie sanft, aber bestimmt zu seinem aufmüpfigen Schwanz. Insgeheim wartete er darauf, dass sein Freund die Hand empört wegziehen und ihn fragen würde, ob er noch ganz dicht sei – doch das geschah nicht. Stattdessen rieb Vincent über das empfindliche harte Fleisch unter dem Stoff, kratzte mit den Nägeln darüber, fuhr die Konturen nach. Ben keuchte auf und tastete blind nach der Lasche des Reißverschlusses. Mit einem lauten Ratschen zog er ihn entschlossen nach unten und gab seinem Freund den Weg zu seiner nackten Haut frei. Er bebte, als er spürte, wie sich der feste Griff – wesentlich fester als Mariahs – um seinen Schaft schloss. Oh, das würde ein kurzes Vergnügen werden ...

Und dann geschah alles im Bruchteil einer Sekunde, viel zu schnell für Ben, um zu reagieren: Es gab einen heftigen Schlag gegen die Tür, Vincent riss seine Hand weg, die Tür krachte auf und knallte gegen die Wand, der Reißverschluss surrte zischend zu, gerade noch rechtzeitig, um einer zierlichen Pyrokinetin namens Anjelica, die wie hinteleportiert mitten im Raum stand, den Blick zu verwehren. Obwohl sie wahrscheinlich nicht einmal registriert hätte, wenn sie Ben und Vincent beim Vögeln gestört hätte. Sie starrte Ben hasserfüllt an und schrie hysterisch: „Er ist tot! Du miese Ratte hast ihn umgebracht!“ Ben brauchte nicht nachfragen, wen sie meinte – es war allgemein bekannt, dass sie Dominics Freundin war. Gewesen war.

Was sie ihm weiter an den Kopf warf, bekam er nicht mit, nur der eine Satz hallte in seinem Denken wider: *Du hast ihn umgebracht!* So unglaublich es war, diese Worte brachten mit einem Schlag das irrsinnige Hochgefühl der Macht zurück. Pur und mitreißend vernebelte es ihm die Sinne. Das war zu viel. Ben verkrampfte sich unter der Decke – wo immer die auch hergekommen sein mochte, das war bestimmt Vincents Werk gewesen –, biss die Zähne zusammen, um nicht aufzustöhnen, und ergoss sich haltlos in seinen Overall.

Unter wüsten Schimpftiraden, kaum verständlich zwischen den lauten Schluchzern, rauschte Anjelica aus dem Zimmer, und Ben wartete atemlos darauf, gleich in wütende Flammen aufzugehen. Erst als sie außer Hörweite war, schnaufte er geschafft durch und warf einen vorsichtigen Blick zu Vincent. Er rechnete damit, seinen Freund angewidert und unter Schock über diese Nachricht zu sehen, stattdessen brachte ein breites Schmunzeln dessen Mundwinkel in gefährliche Nähe zu seinen Ohren.

„Du bist eine skrupellose kleine Drecksau, Ben. Ich hätte nicht gedacht, dass es dich so geil macht, einen Menschen getötet zu haben."

Kam es ihm nur so vor, oder klang das wie ein Kompliment? Ben fühlte, wie ihm die Hitze ins Gesicht stieg.

„Arschloch!", nuschelte er verlegen, Vincents Grinsen nahm beängstigende Züge an.

„Schade. Ich hätte dich gern intensiver beim Abspritzen beobachtet. Aber das hat mir diese blöde Kuh ja versaut ...“

Ben schwankte einen Moment zwischen Empörung über Vincents Schamlosigkeit und Erregung über die gesamte Situation. Letztere überwog, wie er sich zu seiner Schande eingestehen musste. Trotzdem hielt er es für angebracht, seinen Freund zu tadeln. Rein aus Prinzip.

„Du bist von uns beiden das Ferkel.“

„Ach komm, tu doch nicht so, als würde dich das nicht schon wieder heiß machen.“

„Mag sein, aber das ist für den Abend mit Mariah reserviert.“

Vincent kannte ihn viel zu gut, aber Ben sah, dass er mit seiner Antwort einen Volltreffer erzielt hatte. Was ihm im gleichen Moment auch leid tat, aber er konnte und wollte den Konter nicht mehr zurücknehmen.

7.

Mit vor der Brust verschränkten Armen stand Ben vor seinem Bett, den Blick darauf gerichtet, ohne es zu sehen. Seine Gedanken weilten bei den vergangenen Nächten. Mariahs Bett war wesentlich breiter und weicher gewesen und es hatte im Rhythmus ihrer Bewegungen gefedert. In einem wilden Schauer stellten sich sämtliche Härchen auf seinen Armen auf, ungewollt presste sich ein schwacher Laut, ein unterdrücktes Stöhnen aus seiner Kehle. Er schloss die Augen, beinahe sofort hatte er ihr Bild im Kopf: Nackt, weich und willig. Und so nass.

In seinem Unterleib zuckte es, sein Schwanz drückte hart gegen den Reißverschluss seiner Jeans.

Es war so wunderschön gewesen, und doch hatte er das, was er in ihren Augen zu sehen geglaubt hatte, missinterpretiert. All ihre Worte waren Lügen gewesen, die Wahrheit gut versteckt in Bereichen ihres Geistes, in die er nicht vordringen wollte, ja, es nicht einmal in Erwägung gezogen hatte. Wie dumm er gewesen war! Erneut quetschte sich ein Laut aus seiner Brust, ein Hicksen, wie immer, wenn er mit den Tränen kämpfte.

Hinter ihm wurde die Tür geöffnet und geschlossen. Vincent war also zurück. Egal; Ben hatte gerade nicht die Kraft, sich umzudrehen und ihn anzusehen. Er wollte sich nicht einmal vorstellen, wie Vince ihn gerade musterte, und war froh, nicht angesprochen zu werden.

Warme, schwere Hände legten sich auf seine Schultern und fingen an, die verspannte Muskulatur sanft zu massieren. Ben zuckte zusammen und wollte die Finger von sich schlagen, musste allerdings feststellen, dass er die Arme nicht bewegen konnte. Wut wallte in ihm auf.

„Hey, spinn...“

Weiche Lippen in seinem Nacken verschlugen ihm die Sprache. Er spürte, wie er leicht nach hinten gegen Vincents breite Brust gezogen wurde und sich die starken Arme um ihn legten. Sein Widerstand erlosch, gleichzeitig schwächte der telekinetische Griff ab. Ein tröstliches Gefühl wallte in ihm auf, ließ ihn sich weiter entspannen, verwandelte sich allmählich in wohlige Wärme. Langsam hob er die Hände und legte sie auf Vincents, neigte den Kopf, um den sanften Lippen an seinem Hals mehr Platz zu geben, und seufzte leise. Es war unglaublich, wie gut sich das anfühlte!

Vincents Finger auf seinem Oberkörper bewegten sich leicht, glitten über seine Brust und strichen dabei wie zufällig über seine Brustwarzen, die sich prompt zusammenzogen und hart aufstellten.

„Siehst du, du brauchst sie nicht.“ Die dunkle Stimme direkt an seinem Ohr schickte erregende Blitze in seinen Unterleib. Ben antwortete mit einem leisen Stöhnen. Während sich Vincents linke Hand weiter mit Bens Nippeln beschäftigte, fuhr die andere über seinen Bauch und rieb über seinen harten Schwanz unter der Jeans.

Ben bebte unter diesen intimen Berührungen, wie von selbst kippte sein Kopf nach hinten auf Vincents Schulter.

Die Lippen verließen seinen Hals, dafür wurde sein Gesicht zur Seite gedreht und bevor Ben wusste, wie ihm geschah, hatte er Vincents Lippen auf den seinen und dessen Zunge in seinem Mund. Eigentlich hätte er sich spätestens jetzt wehren sollen, doch er konnte nicht. Oder vielleicht wollte er auch nur nicht. Was geschah, fühlte sich so verdammt gut an, komplett anders als mit Mariah und doch gab es kaum Unterschiede. Natürlich, ein Kuss war ein Kuss, ob man ihn nun mit einer Frau oder einem Mann teilte. Und dennoch: Hier war nicht er der Aggressor, sondern der Unterlegene, er küsste nicht, er wurde geküsst. Bei ihm lag keine Verantwortung, außer der für sein eigenes Handeln, er brauchte sich keine Gedanken darum zu machen, ob alles richtig war, was er tat – und wie er es tat. Er konnte sich voll und ganz Vincents Führung überlassen und mit allen Sinnen genießen. Daher spürte er überdeutlich jeden einzelnen Zahn, den der Reißverschluss über seinen Steifen nach unten gezogen wurde.

Das Spiel, zu dem Vincents Zunge die seine animierte, wurde sinnlicher und erregender, bis es sich in einem statischen Schlag direkt in Bens Lenden entlud, genau in dem Moment, in dem Vincent die Faust um Bens Schwanz schloss. Ein übermächtiges Gefühl von Lust schlug über ihm zusammen und sorgte für weiche Knie und dumpfes Stöhnen. Automatisch klammerte er sich an seinen Freund und bekam dabei etwas zu spüren, das ihm den nächsten hemmungslosen Laut entlockte: Das harte *Ding*, das gegen sein Steißbein drückte, konnte nur Vincents Schwanz sein.

Sein eigener zuckte bei dieser Erkenntnis wild und pulsierte heftig gegen die Finger, die ihn umschlossen – und die sich nun sacht zu bewegen begannen. Für den Bruchteil einer Sekunde wurde ihm siedend heiß, sein Unterleib spannte sich ekstatisch an. Mit dem nächsten Atemzug löste sich sowohl ein unartikulierter Schrei aus seiner Brust, der von Vincents Mund abgefangen und gedämpft wurde, als auch die Spannung in seinem Inneren, in harten Schüben schoss sein Samen über Vincents Hand und klatschte in dicken Tropfen auf den Boden.

Ben wurde herumgedreht und beobachtete fasziniert, wie Vincent die Hand hob und sich genüsslich die weißen Schlieren von den Fingern leckte. Sein Blick wanderte am Körper seines Freundes entlang, bis er an der deutlichen Ausbuchtung in der hellen Leinenhose hängen blieb. Noch nie zuvor hatte er bei Vincent irgendein Zeichen von Lust erlebt, zumindest nicht bewusst. Deshalb war diese eindeutige Reaktion umso irritierender, überraschender und ja, auch atemberaubender für ihn. Es gelang Ben nicht, die Augen von den nass glänzenden Lippen und der agilen Zunge abzuwenden, und bemerkte daher Vincents eindringlichen Blick erst, als der die Hand sinken ließ.

„Was zum ...“

„Still“, orderte Vincent und Ben verstummte sofort. Was sie gerade getan hatten, was er gerade erlebt hatte, war nahezu unwirklich. Bei Mariah war er nie so schnell gekommen ... Es war, als wüsste Vincent genau, wo und wie er ihn berühren musste, um ihn perfekt auf dieser ekstatischen Welle reiten zu lassen, bis er es angebracht sah, dass sie über ihm zusammenschlug.

Ben indes hatte keine Möglichkeit gehabt, sich ihm zu widersetzen.

Vincent zog ihn an sich und küsste ihn. Ben schmeckte sich selbst, wollte sich leicht angewidert aus dem Kuss lösen, doch Vince hielt ihn mit einer Hand im Nacken fest und intensivierte das heiße Spiel seiner Zunge, bis er schließlich nachgab und ihn zurück küsste.

Und wieder fühlte es sich unglaublich gut an. Vincent hielt ihn mit einer Kraft fest, die ihn überraschte und jeden weiteren Gedanken an Gegenwehr gar nicht erst aufkommen ließ. Obwohl er so kurz nach einem Höhepunkt nicht damit gerechnet hatte, ballte sich wilde Erregung erneut heiß in ihm zusammen. Vincents harter Schwanz drückte gegen seine Semi-Erektion und Ben keuchte leise in den Kuss.

Es sollte nicht so sein! Er war doch ein Mann! Und doch fand er es verdammt erregend, so von Vince geführt, verführt zu werden. Seine Stärke und Kraft gaben ihm Sicherheit, er konnte sich fallen lassen, sich ihm voll anvertrauen und die Führung überlassen.

Daher wehrte er sich auch nicht, als Vincent seine Hand nahm und sie zu seinem Hosenbund brachte. Ben verstand und reagierte sofort.

Es war ein merkwürdiges Gefühl, die Hand unter den Stoff zu schieben und zu wissen, was ihn erwartete. Seine Fingerkuppen streiften über seidig weiche, nasse Haut. Für einen Moment hielt er den Atem an und vergaß sogar sein Zungenspiel, nahm dafür diese Empfindung, die ihm die

Nervenenden seiner Hand übermittelten, voll und ganz in sich auf und verspannte sich kurz, als er begriff, was genau er da berührte. Ein leicht ungeduldiges Stupsen in seinem Mund erinnerte ihn daran, dass er nicht nur die Finger bewegen sollte – und auch die waren gerade starr vor Schreck. Vincents Hand verließ seinen Nacken, glitt Bens Körper entlang, legte sich einmal mehr fest um seinen Schaft und wurde leicht nach unten gedrückt. Seine Eichel wurde freigelegt, das Vorhautbändchen spannte erregend, Vince zog mit einem Finger sanfte Kreise über die empfindliche Spitze, bis Ben glaubte, ihm würden jeden Moment die Knie nachgeben. Wie sollte er sich dabei noch auf die Bewegungen seines eigenen Körpers konzentrieren? Es war ihm schier unmöglich, einen halbwegs kohärenten Gedanken zusammen zu bringen, so sehr war sein Denken und Fühlen auf die Spitze seines Schwanzes fokussiert.

Daher vergaß er völlig, was er eben noch hatte tun wollen, doch Vince schien sich entweder nicht daran zu stören oder hatte eine Planänderung im Sinn.

Jedenfalls war sich Ben gar nicht bewusst, dass Vincent ihn rückwärts gedrängt hatte, bis die Kante seines Bettes in seine Kniekehlen drückte. Schockiert richtete er seinen Blick auf Vincent, der ihn neuerlich mit einem atemberaubenden Kuss ablenkte, sodass er dem sanften Druck nachgab, der ihn rücklings auf die Matratze bugsierte. Wenigstens musste er sich jetzt keine Sorgen mehr darum machen, jeden Moment umzukippen. Dafür drängte ihn Vincent weiter nach hinten, an die Mauer, indem er sich einfach mit auf das schmale Bett legte. Gesessen hatte er ja bereits oft auf Bens Bettkante, aber es war das erste Mal, dass er nicht allein in seinem Bett lag ... Zärtlich, aber bestimmt wurde sein Shirt nach oben geschoben und über seinen Kopf gezogen, seine Brustwarzen stellten sich in einem raschen Schauer hart auf. Er bekam jede Menge Zeit, nicht nur diesen, sondern auch die folgenden Schauer regelrecht auszukosten, denn Vince widmete seine gesamte Aufmerksamkeit Bens harten Nippeln, strich mit den Lippen darüber, streichelte sie mit der Zunge, traktierte sie mit den Zähnen. Ben wand sich in purer Lust, suchte nach irgendeinem Halt, um nicht vollständig in dem wahnsinnigen Strudel zu versinken, und fand ihn, indem er seine Fingernägel in Vincents Schulter krallte. Ein dunkles Grollen war die Reaktion darauf, doch Vincents kleine Liebesbisse in seine Brustmuskeln ließen darauf schließen, dass es wohlwollend gemeint war.

Hätte Ben geahnt, wie sich das anfühlen konnte, hätte er geahnt, wie schön Berührungen sein konnten, die Nähe zu einem anderen Menschen, dem man vertraute, dann hätte er vielleicht bereits einmal danach gefragt.

So kam das alles überraschend, nie hätte er gedacht, dass Vincent jemals Gefallen an ihm finden könnte, einem dünnen, schlaksigen Jungen, wo andere in ihrem Alter doch den Mädels mit den dicken Titten hinterher starrten.

Vor allem aber lenkte all dies ihn von seinem Elend ab. Er hatte vermutet, die kommenden Wochen mit hängendem Kopf und nicht minder hängendem Schwanz zu verbringen – stattdessen hob Vince ihn mit jeder neuen

Aktion weiter in einen Himmel, von dessen Existenz er nicht einmal zu träumen gewagt hätte.

Wieder packte Vincent Bens Hand und legte sie an seinen Schwanz, umschloss sie aber diesmal mit seiner eigenen, sodass Ben seine Finger nicht mehr zurückziehen konnte. Es war eine Mischung aus Schock und bereitwilliger Unterlegenheit, die über ihn hereinbrach und ihn einmal mehr haltlos stöhnen ließ. Unter Vincents Führung bewegte er seine Hand, spürte jede geschwollene Ader an dem prallen Schaft, stieß mit der Handkante gegen den seidigen Hodensack. Er drehte den Kopf ein wenig und linste zu ihren Händen, um aus seiner Faust die rosige, nasse Eichel auftauchen und wieder darin verschwinden zu sehen. Er stöhnte verhalten, ehe er seine Augen wieder schloss. Das war zu viel, zu heiß, zu fremd, auch wenn es sich verdammt gut anfühlte.

Jetzt spürte er Vincents andere Hand, die an seinem Geschlecht eine Zwillingsbewegung vollführte, sodass sich Bens Augäpfel hinter geschlossenen Lidern in die Höhlen zurückrollten. Das war so unglaublich, er spürte, wie die Hitze in seinen Lenden wieder anstieg, wie ihm immer heißer wurde, sodass er glaubte, zu schmelzen. Er war doch eben gerade gekommen, aber er war schon wieder so weit, dass das Ende in greifbarer Nähe war. Nur ein bisschen schneller, ein bisschen härter und Ben würde neuerlich abspritzen.

Das bemerkte anscheinend auch Vincent, denn er ließ von ihm ab und zog ihm die Hose so weit hinunter, wie es ging. Der Lauf des Kleidungsstücks wurde durch seinen Hintern gebremst, und als er nicht direkt reagierte, raunte Vincent ihm zu: „Heb dich mal."

Wie in Trance kam er dieser Aufforderung nach, bis ihm mit Schreck bewusst wurde, dass er nun nackt vor seinem besten Freund lag. Aus Reflex wollte er aufbegehren, die Worte wurden ihm mit einem geschickten Griff an die Eier und einem ungezügelten Kuss in die Kehle zurückgepresst. Nur am Rande bekam er mit, dass seine Beine gespreizt wurden und Vince sich dazwischen kniete. Für einen Moment hob er den Kopf, ließ das Bild auf sich wirken und sank beschämt zurück. Oh Gott, nichts, aber auch gar nichts von seinem Körper blieb ihm in dieser Position verborgen. Langsam versuchte er, seine Oberschenkel ein wenig zu schließen, da spürte er Vincents Hand an seinem Hintern. Da wurde ihm mit einem Schlag klar, was Vince vorhatte. Schwule fickten sich gegenseitig in den Arsch. Und er sollte jetzt für Vincent herhalten.

„Nein!"

Panik erfasste ihn, er begann, von ihm weg zu robben, doch zwecklos, Vince hielt ihn fest, rückte nach, bis Ben am Kopfende angekommen war und nicht entkommen konnte.

„Ruhig. Ganz ruhig. Halt still und fühl einfach", sagte Vincent und küsste ihn wieder. Erst wollte Ben den Kopf wegdrehen, sich verweigern. Doch dann kam ihm der Gedanke in den Sinn, dass Vince nie etwas getan hatte, um ihm zu schaden. Auch jetzt hatte er ihm nur Lust bereitet, ihm mehr gegeben, als Ben ihm zurückgeben konnte. Leise wimmerte er in den Kuss, als Vincents zweite Hand sich zwischen seine Beine stahl, dieses Mal aber seinen steil aufragenden Schwanz verwöhnte. Das fühlte sich so gut an, so heiß, so geil, dass er die andauernde Massage zwischen seinen Arschbacken vergessen konnte.

Vincent legte eine kurze Pause in den versengenden Kuss ein und raunte ihm ein leises „Vertrau mir“ zu. Vertrauen ... das war so leicht gesagt. Konnte er das? Ja, entschied er, er konnte. Für Vince war er kein Abschlussprojekt, sondern ein Freund. Tief durchatmend lehnte er sich zurück, winkelte die Beine an und genoss die Erregung, die in immer größeren Wellen über ihn hinweg schwappte und ihn mit sich riss. Seine Beine zitterten unkontrolliert, sein Schwanz pulsierte vor unerfüllter Lust und die Muskeln in seinen Leisten schmerzten, da er krampfhaft dagegen ankämpfte, die Beine wieder zu schließen. Er drängte die Hand an seinem Hintern in den äußersten Winkel seines Denkens und konzentrierte sich auf die andere, die ihn bis hart an den Rand des Höhepunktes trieb. Gerade, als er glaubte, in der nächsten Sekunde abzuspritzen, rutschte etwas durch seinen Anus, das dort eindeutig nicht hingehörte. Es spannte, war ungewohnt, kühl, feucht glitschig – alles in allem: unangenehm und irgendwie auch ein bisschen eklig. Doch Vincents andere Hand lenkte ihn delikat ab, allerdings trieb er ihn nie so weit, dass er kommen würde. Statt dessen hielt er ihn ausdauernd auf einem Level, das ihn schier in den Wahnsinn trieb und nach mehr verlangen ließ. Und diese Küsse, die er über seinen Oberkörper verteilte, waren unglaublich schön.

Vincents Mund wanderte immer tiefer, bis die kurzen, schwarzen Haarsträhnen tatsächlich seinen Schwanz streiften.

Er wollte doch nicht ...? Offenbar doch. Ben schrie erstickt auf, als Vincent ihn plötzlich mit den Lippen umschloss, er mit einem Mal in die heiße, feuchte Hitze eintauchte. Fast wäre er gekommen, nur der Schmerz in seinem Arsch, der jetzt gerade wieder intensiver wurde, hielt ihn davon ab, sofort zu kommen. Er bäumte sich auf, bog den Rücken durch, versuchte mehr von den unglaublichen Empfindungen an seinem Schwanz und weniger von dem Ziehen in seinem Hinterteil mitzubekommen. Seine Spitze stieß gegen einen nachgiebigen und heißen Widerstand, der sich zusätzlich in diesem Moment auch noch verengte und ihn deshalb auf eine unbeschreiblich erregende Weise ein wenig einquetschte. Gleichzeitig rieb Vincents Zunge über die Seite seiner Eichel und Ben spürte, wie seine Eier sich zusammenzogen, der Druck in seinen Lenden stieg an, gleich ... gleich würde er kommen, bei der nächsten kleinsten Reizung. Zähne kratzen hart über seinen Schaft, sein Arsch wurde weit aufgedehnt, immer wieder stießen Vincents Finger tief in ihn. Sein Orgasmus verschwand in schier unerreichbare Ferne.

Doch dieser Balanceakt zwischen Lust und Schmerz gab ihm auch einen besonderen Kick, von dem er nicht erwartet hätte, dass er so geil sein könnte. Immer wieder stießen Vincents Finger in ihn, fickten ihn regelrecht im gleichen Takt, wie er sich sein Geschlecht in den Rachen rammte.

Es war der helle Wahnsinn, er kam aus dem Stöhnen gar nicht mehr heraus. Vincent war hart zu ihm, gut zu ihm, brachte ihn so sehr um den Verstand, dass er alles mit sich machen ließ, auch Dinge, die er eigentlich nicht hatte tun wollen.

Und dann änderte Vincent den Winkel, indem seine Finger zustießen. Ben schrie auf. Es war, als hätte jemand ein Feuerwerk in seinem Innern entfacht. Dieses Feuerwerk löschte jeden klaren Gedanken aus und fachte dafür seine Erregung wieder gewaltig an. Er fühlte sich, als bestünde er nur noch aus einem triefenden Schwanz und der Stelle, die Vincent noch einmal anstupste. Ein unbeherrschter Schrei löste sich aus seiner Kehle, gierig spreizte er die Beine, so weit er konnte und hob Vincent bettelnd seinen Unterleib entgegen. Das Ziehen in seiner Kehrseite war verblasst – hatte es überhaupt je stattgefunden? – und sein Eingang zuckte wild um die Finger, die nach wie vor in ihn glitten. Dieses Gefühl, es war intensiv, so als würde man seinen Schwanz von innen massieren.

„Fühlt sich gut an, huh?" Vincents heißer Atem streifte seine feuchte Erektion. Ein weiteres Stöhnen entkam seiner Kehle. Ja verdammt! Es fühlte sich verdammt gut an. Jetzt hatte er nur Vincents Finger in sich und trotzdem tropften milchige Lusttropfen von seiner Eichel auf seinen Bauch. Schubweise, mit jedem Stoß der Finger ein bisschen mehr. Ben konnte nicht mehr hinsehen, er warf den Kopf zurück und schloss die Augen. Er wollte, dass es aufhörte, er wollte seinen Orgasmus! Verzweifelt bewegte er sich gegen den Takt, den die Finger ihm vorgaben, in der Hoffnung, sich auf diese Weise selbst über den Rand des Höhepunkts zu hetzen, doch Vincent machte ihm einen gehörigen Strich durch die Rechnung, indem er seine Hand einfach zurückzog.

„Nein!“ Panisch richtete er sich auf. Das ging doch nicht! Vincent konnte ihn hier doch nicht so stehen lassen – im wahrsten Sinn des Wortes!

„Dreh dich um. Dann ist es leichter für uns beide.“ Eifrig kam er dem Befehl nach, wirbelte herum und kniete auf allen vieren vor Vincent. Er wollte nicht wissen, wie sehr er sich ihm gerade präsentierte, aber im Endeffekt war das auch schon egal. Vincent hatte die Finger in seinem Arsch gehabt und er würde ihm hoffentlich gleich seinen Schwanz reinstecken, was machte es da schon, wenn er sein Loch auch noch sah.

Vermutlich hatte er ohnehin schon alles gesehen, was es da zu sehen gab und Ben war schon zu weit, um sich noch darum zu kümmern.

Scheiße, was machte er hier nur? Er würde sich gleich von seinem besten Freund in den Arsch ficken lassen. Nie hätte er gedacht, dass er schwul sein und auf das Gefühl von etwas in seinem Hintern stehen könnte. Aber genau das tat er. Er sehnte dieses intensive Gefühl zurück, wollte gefüllt werden, wieder genau an der Stelle berührt werden, die diese Kaskaden der Lust in seinem Körper auslöste. Die ihn fast schon abspritzen ließ, ohne dass sein Schwanz auch nur gestreift wurde.

„Entspann dich“, hörte er Vincent hinter sich, der wieder mit glitschigen Fingern in ihn eindrang, nur leider nicht weit genug. Ben schob sich ihm entgegen, doch Vincent zog sich zurück.

„Langsam, Ben. Anfangs wird es wehtun. Aber dann ... dann wird es sich gut anfühlen, das verspreche ich dir."

„Ja", krächzte Ben, der den Teil über den Schmerz in seinem Nebel der Lust irgendwie ausgeblendet hatte. Bis Vincents dicke, stumpfe Eichel seinen Eingang aufdehnte, ihn bis an seine Grenzen spreizte und ihm ein schmerzerfülltes Stöhnen entlockte. Fluchtartig verlagerte er sein Gewicht nach vorn, auf seine Ellenbogen, um diesem furchtbaren Druck zu entkommen. Aber Vincent kannte kein Erbarmen, packte ihn an der Schulter und zwängte sich langsam aber bestimmt weiter in ihn hinein.

Ben biss sich in die Handballen, doch nicht einmal das konnte ihn von der Empfindung ablenken, langsam von unten her aufgerissen zu werden. Bestimmt hatten sich so die Menschen im Mittelalter gefühlt, die gepfählt wurden ... Er kniff die Augen zusammen und verzog das Gesicht. Nein, das hielt er nicht länger aus! Mit aller Kraft versuchte er, Vincent wieder aus sich hinaus zu drücken – und sorgte so dafür, dass er leichter und schneller in ihn rutschen konnte. Ben spürte den Ruck, mit dem sich Vincent vollkommen in ihm versenkte, bis in die Fingerspitzen. Sein Inneres revoltierte nach wie vor gegen den Eindringling, doch er konnte nicht umhin, auch zu bemerken, dass der Schmerz nachließ und es anfing, sich gut anzufühlen, so extrem ausgefüllt zu sein. Er war Vincent dankbar, dass er sich ruhig hielt und sich nicht mehr bewegte. Er fühlte die warmen Hüften des anderen Mannes an seinem Hintern und blinzelte ungewollte Tränen weg, die ihm in die Augen gestiegen waren.

Langsam begann er sich zu entspannen, der Druck in seinem Inneren ließ nach, ebenso der Schmerz, der nun auch noch dadurch gedämpft wurde, dass Vincent mit einem leisen Keuchen nach seinem Schwanz griff, der ein wenig seiner Standfestigkeit verloren hatte. Doch nur mit wenigen Strichen richtete Vincent ihn wieder zu seiner vollen Größe auf. Und nicht nur das: Vincent reizte ihn so geschickt, dass nicht nur sein Körper reagierte, sondern auch die Lust mit aller Macht zurückkehrte. Ben bewegte sich leicht gegen die Hand an seinem Schaft und grollte auf, als er dabei den harten Schwanz in seinem Hintern deutlicher spürte. Da war er also wieder, der doppelte Reiz, der ihn vorhin beinahe um den Verstand gebracht hatte, jetzt jedoch geiler in seinem Loch und weniger intensiv an seiner tropfenden Erektion. Versuchsweise spannte er seinen Anus an und wackelte mit dem Hintern, keuchte überrascht und stemmte seinen Oberkörper wieder in die Höhe. So hatte er mehr Bewegungsspielraum, um sich nach hinten zu drücken und Vincent tiefer in sich aufzunehmen. Es versetzte ihn in Entzücken, Vincent in sich zu spüren und zu merken, dass er dabei die Macht hatte, auch ihn aus dem Konzept zu bringen. Also drängte er sich Vincent hart entgegen. Allerdings wurde ihm schlagartig klar, dass sein Plan nicht aufgehen würde. Er selbst war es, dem fast die Arme vor Lust nachgaben, als Vincents dicke Eichel gegen seinen Lustpunkt stieß. Keine Chance, das lange durchzuhalten, auch wenn Vincent dabei überrascht stöhnte und seine Hüfte in einem festen Griff packte.

Er hörte Vincent hinter sich leise knurren, was ihm aus irgendeinem Grund einen weiteren Schauer über den Rücken jagte. Die Hände an seinen Beckenknochen packten härter zu und hielten ihn eisern an Ort und Stelle. Vincent zog sich langsam aus ihm zurück, Ben heulte auf aus Angst, die Füllung zu verlieren und doch wieder unbefriedigt zurückzubleiben. Gerade, als er das Gefühl hatte, dass die pralle Spitze im nächsten Moment aus ihm rutschen würde, stieß Vincent mit einer kraftvollen Bewegung zu, die Ben nach vorn katapultiert hätte, wenn er ihn nicht festgehalten hätte. Ben blieb jedoch keine Zeit, die erneute Füllung auszukosten, da verlor er sie auch schon wieder. Allerdings konnte er dies wieder nicht lange bedauern, weil Vincent wieder zustieß. Er baute einen langsamen, qualvoll schönen Rhythmus auf, der Ben im Takt stöhnen ließ. Bald schon passte er sich Vincents Bewegungen an und konterte die Stöße mit eigenen Bewegungen. Er wollte mehr, tiefer, schneller. Vincents Griff lockerte sich, gab ihm mehr Spielraum, den er ausnutzte.

Ab und zu hörte er ein tiefes, unkontrolliertes Stöhnen von Vincent, wenn Ben besonders viel Schwung genommen hatte.

In stillschweigender Übereinkunft zogen sie nach und nach das Tempo an, trieben sich gegenseitig immer weiter in den Strudel der Lust, bis Ben schon nicht mehr wusste, wo er aufhörte und Vincent anfing. Sie zerschmolzen zu einer ekstatischen Einheit, Bens ganzes Fühlen war nur auf seinen Unterleib fokussiert, aus dem Leidenschaft und Hitze in seinen ganzen Körper ausstrahlten.

Es war ihm, als schwebte er in einer Wolke aus reiner, unverfälschter Lust. Jeder von Vincents Stößen brachte ihn näher an den Punkt, an dem diese Wolke ihre machtvolle Energie über ihm entladen und ihn damit zerstören würde. Hinter ihm grollte Vincent dumpf, ein harter Stoß folgte, der Ben fast den Halt verlieren ließ, dann verharrte Vincent tief in ihm. Ben schrie auf, ein ekstatischer Krampf zuckte durch seinen Körper, sein Inneres legte sich eng um Vincents Schwanz, er spürte förmlich, wie er ihn massierte. Seine Anspannung löste sich mit einem wahren Donnerschlag, der durch seine Eingeweide raste, für Sekunden wurde ihm schwarz vor den Augen und er kam mit einer Heftigkeit, die er nicht für möglich gehalten hatte.

Ben konnte nicht verhindern, dass seine Oberarme nachgaben, er mit der Brust auf die Matratze fiel und Vincent dabei aus ihm rutschte.

Zitternd lag er auf dem Bauch und brachte es nur langsam zustande, den Kopf zu drehen und über die Schulter hinweg zu Vince zu sehen, der sich mit einem Kuss auf seinen Rücken verabschiedete. Während er beobachtete, wie sein Freund nackt auf sein eigenes Bett sank und dabei reichlich geschafft und unglaublich zufrieden aussah, wurden ihm drei Dinge absolut klar: Erstens hatte er in Vincent bisher ein asexuelles Wesen gesehen, was nicht nur am vermeintlichen Fehlen von lustgesteuerten Anzeichen lag. Nein, das kam eher daher, dass Vince für ihn der Inbegriff von Unschuld war. Bis gerade eben jedenfalls. Natürlich hing er ab und zu mit Donna ab – in letzter Zeit sogar recht häufig, fiel ihm gerade auf – aber Ben wäre nie auf die Idee gekommen, dass zwischen den beiden etwas laufen könnte. Und wenn er ehrlich war, konnte er sich das selbst jetzt noch nicht vorstellen. Vincent war für so etwas viel zu ... brav, ja, das traf es ziemlich genau. Er war der Liebling der Lehrer, lernte wie ein Besessener, spielte sich nie in den Vordergrund. Bis auf die kleinen Ausbrüche bei Mariah zeigte er kaum Emotionen, und Rebellion gegen das System war ein Fremdwort für ihn.

Zweitens hatte Vincent es geschafft, die Gedanken an Mariah und die damit verbundene Wut, die Enttäuschung und dieses seltsame Gefühl, sein Herz würde mit Glassplittern paniert, in der Mitte entzweigerissen und zuletzt mit einem stumpfen Messer in hauchdünne Scheibchen tranchiert werden, zu vertreiben. Okay, die Gedanken an die kleine Mistschlampe waren hiermit wieder da, aber seine Welt drehte sich inzwischen weiter.

Und drittens war er so befriedigt, wie er es nie für möglich gehalten hätte. Er fühlte sich pudelwohl, obwohl sein Hintern wie Feuer brannte und aus einem ihm unbekannten Grund jede Bewegung eine immense Anstrengung bedeutete. Wenn es nicht so mühsam gewesen wäre, hätte er jetzt gern nach seinem strapazierten Anus getastet, um zu erfahren, wie weit er offen stand, und er überlegte, ob sich sein Eingang nach dieser Dehnung überhaupt jemals wieder schließen würde. Egal, es war geil gewesen, Vincents harten Schwanz in sich zu haben, unendlich geil, und vor allem hatte es ihm gezeigt, dass er Mariah und dem, was sie ihm zugestanden hatte, gar nicht hinterher heulen brauchte. Vince konnte ihm etwas Besseres geben und bei ihm musste er auch nicht befürchten, angelogen und missbraucht zu werden.

Leise ächzend rollte er sich auf die Seite und verzog unwillkürlich das Gesicht, weil kühle Luft über seine nasse Haut strich. Die Reste seines Höhepunktes wurden erst klamm und trockneten anschließend zu einer unangenehmen Kruste. Eigentlich sollte er aufstehen und sich duschen, doch er war so herrlich entspannt und schläfrig. Seine Lider sanken im Zeitlupentempo nach unten. Viel hätte nicht mehr gefehlt und sie wären ganz zugefallen ... Ein brodelndes Rumoren wütete durch sein Inneres. Schlagartig hellwach riss Ben die Augen auf. Das Gurgeln in seinen Gedärmen wiederholte sich. Oh nein, das konnte doch nicht wahr sein! Wie sollte er es *so* in den Waschraum schaffen, mit weit aufgevögeltem ...

„Na los, worauf wartest du denn?" Vincent stand vor ihm und hielt ihm einen Bademantel entgegen. Wie von der Tarantel gestochen schoss er in die Höhe, hielt jedoch mitten in der Bewegung peinlich berührt inne, als sein Inneres erneut grummelte. Wenn das mal gut ging ...

„Kneif die Backen zusammen, Ben!"

Na, Vincent hatte gut reden! Das schreckliche Gefühl, es nicht einmal mehr bis zur Tür zu schaffen, ließ nach, in Rekordzeit schlüpfte Ben in den Bademantel und sauste aus dem Zimmer.

*

Geschafft schlich Ben nach einer ausgiebigen Dusche zurück in sein Bett. Er war so müde, ausgelaugt von den Ereignissen des ganzen Tages, dem unerwarteten Ritt auf der emotionalen Achterbahn und dem heißesten Sex, den er sich vorstellen konnte. Allerdings wirkte Vincent nicht halb so erledigt, wie Ben sich fühlte.

„Willst du drüber reden?", fragte der auch prompt.

Reden? Über ihr kleines ... Abenteuer? Oder was meinte Vincent?

„Worüber?"

„Über Mariah."

„Da gibt es nichts zu reden."

Vincent schwieg daraufhin und Ben hegte die leise Hoffnung, das Thema wäre vom Tisch. Doch ...

Hat sie dir gesagt, dass sie ihre Abschlussarbeit darüber geschrieben hat, wie man jemanden ohne Einsatz von PSI-Fähigkeiten manipulieren kann?

Du wusstest davon?

Ich wusste, dass etwas nicht stimmt, aber nicht, was es war.

Warum hast du mich nicht gewarnt?

Das hatte ich doch versucht. Du wolltest es nicht hören.

Das dumme an der Sache war, dass Vincent recht hatte. Wie oft hatte er gesagt, dass er Mariah nicht über den Weg trauen sollte? Ben biss die Zähne aufeinander. Er war so *blöd* gewesen! Total und komplett bescheuert! Sie hatte ihn zu ihrem Äffchen gemacht und ihn an der langen Leine tanzen lassen – und er hatte es freiwillig und glücklich sabbernd akzeptiert. Aber nicht nur das, oder? Nein. Wäre sie nicht gewesen, hätte er seine Prüfung nicht durchgezogen und Dominic nicht ...

„Ben! Hör auf damit!“ Vincents Stimme schnitt wie ein Messer durch seine Gedanken.

Hart biss sich Ben auf die Unterlippe, bis er den warmen, süßlichen Geschmack von Blut im Mund hatte. Gut, damit hatte er vor sich selbst wenigstens eine plausible Ausrede für das Wasser in seinen Augen. Er hörte das leise Tapsen von nackten Sohlen auf dem Steinboden, dann wurde sein Gesicht mit sanfter Gewalt in die andere Richtung gedreht.

„Jetzt pass mal gut auf! Es ist vollkommen egal, dass Dominic krepiert ist. Wäre er früher oder später sowieso, weil er eine schwache Null war. Du wurdest erzogen, exakt das zu tun, was du getan hast, und außer Anjelica und dir selbst macht dir niemand einen Vorwurf deswegen. Und wenn du kein elender Heuchler bist, gestehst du dir ein, dass du im Grunde der gleichen Meinung bist und nur ein schlechtes Gewissen hast, weil du *Spaß* daran hattest!“

Ben öffnete den Mund, um zu widersprechen, merkte, dass ihm die Argumente fehlten, schloss ihn wieder, öffnete ihn erneut, schloss ihn, seufzte und nickte geschlagen. Was sollte er auch leugnen, immerhin hatte er ja eben das zu Vincent gesagt.

„Ich begreife nur nicht, warum es mir Spaß gemacht hat.“

„Weil du der Stärkere warst. Und weil dir, seit du hier bist, eingetrichtert wird, dass Schwäche mit Versagen gleichgesetzt wird – und Versagen wird nicht toleriert. Begreif doch: Für uns gibt es keine moralischen Fesseln, die uns wie normale Menschen ein trauriges kleines Leben lang an

Regeln ketten! Anstand, Gesellschaftsnormen ... Wen interessiert so etwas, wenn man Gedanken manipulieren und den freien Willen ausschalten kann? Stell dir nur mal rein hypothetisch vor, was du alles machen *könntest*, sobald du hier raus bist! Es gibt keine Grenzen für jemanden wie uns ...“

„Ist das dein Ernst?“

„Natürlich! Ben, überleg! Wir beide zusammen als ein Team, nichts und niemand könnte uns aufhalten! Du musst es nur wollen.“

In seinem Bewusstsein stiegen Bilder auf, von denen er nicht sicher war, ob sie tatsächlich seiner Fantasie entsprangen oder doch eher Vincents. Aber das war eigentlich gleichgültig, denn sie zeigten eine traumhafte Zukunft, in der ihnen alle Wege offenstanden und sie sich nahmen, was immer sie wollten.

„Nur wir beide?“

Vincent beugte sich zu ihm herab und küsste ihn sanft auf die Lippen. „Nur wir beide. Versprochen.“

8.

In der nächsten Zeit änderte sich das Verhältnis zwischen Ben und Vincent, nur schien Ben der Einzige zu sein, dem das eines Tages bewusst auffiel. In der Öffentlichkeit gingen sie nach wie vor freundschaftlich miteinander um, doch immer öfter schlichen sich kleine, beiläufig wirkende Gesten ein: Hier ein kurzes Streicheln über die Schulter, wenn sie aneinander vorbeigingen, da ein schneller Kontakt ihrer Hände, dort ein kleines, verführerisches Lächeln und ein vielsagendes Zwinkern. Sobald sie sich in ihrem Zimmer befanden, verborgen vor den Augen ihrer Mitschüler und der Erzieher, ließen sie den Körperkontakt nur in Ausnahmefällen abreißen. Es gab keine Nacht mehr, in der jeder allein in seinem Bett lag. Bald begann Ben, sich auch tagsüber nach mehr Nähe zu sehnen, und fand die Lösung für sein Problem in einem permanenten telepathischen Link zu Vincent, der nur unterbrochen wurde, wenn sich einer von ihnen konzentrieren musste oder ausnahmsweise kurz allein sein wollte. Zu ihrer Überraschung hielt die Verbindung sogar, wenn sie sich, getrennt durch eine Menge meterdicker Felsmauern und diverse Etagen, weit voneinander entfernt befanden. Überhaupt verblüffte er in Bezug auf seine Telepathie immer wieder – und sich selbst ebenso. Es war eine Sache, zu vermuten, dass man verdammt gut war, und eine ganz andere, es tatsächlich zu erfahren.

Was sie teilten, war nahezu perfekt – lediglich Donna entwickelte sich mehr und mehr zu einem Dorn in Bens Auge. Das zierliche Mädchen mit den kupferfarbenen Haaren schwirrte so auffällig um Vincent herum wie eine Motte um das Licht und brachte Ben damit in eine unmögliche Lage. Einerseits sagte er sich, dass ihr Interesse an seinem Kumpel das Normalste der Welt und überhaupt kein Wunder war – sogar er als Mann musste zugeben, dass Vincent unheimlich gut aussah, überdies kleidete er sich schick, war beinahe beängstigend klug und der fähigste Telekinet am Institut. Es war nur logisch, damit früher oder später die Aufmerksamkeit der Frauenwelt auf sich zu ziehen. Andererseits wurmte ihn die Freundschaft zwischen Vincent und Donna, obwohl er nicht einmal den Finger darauf legen konnte, warum das so war. Vielleicht, weil seine kleine Affäre mit Mariah gründlich in die Hose gegangen war oder vielleicht, weil er befürchtete, sich irgendwann nachts nicht mehr in den Schutz von Vincents Armen kuscheln zu können ... Egal aus welchem Grund, es kotzte ihn an, die beiden zusammen zu sehen. Was zwar nicht oft geschah, hin und wieder aber doch, wenn sich ihre Wege während der Unterrichtspausen zufällig kreuzten.

Tagelang haderte Ben mit sich, ob er in Vincents Gedanken nachforschen sollte, wie dessen Gefühle für sie wirklich aussahen, und entschied sich letztendlich dagegen. Vincent würde eine solche Schnüffelei – falls er sie bemerkte, wovon er ausgehen musste – als Vertrauensbruch sehen, und das wollte Ben nicht riskieren. Verlor er Vincent als Freund, stand er in der Schule des Grauens vollkommen alleine da ... Also riss er sich zusammen und bezwang seine Neugier, hielt seine Gedanken im Zaum, damit Vince nicht durch Zufall etwas von seinen Überlegungen erfuhr, betitelte das Mädchen im Stillen als *Die Schlampe* und ärgerte sich heimlich grün und blau, wenn er mitbekam, wie sie Vincent anhimmelte.

Es war der letzte Klassenzimmerwechsel dieses Nachmittags und Ben war unterwegs von der Sporthalle zu einem neuen Kurs, der ihm an einem Simulator nacheinander beibringen würde, wie man Auto, Motorrad und Lastwagen fuhr und Flugzeuge steuerte. Er hatte sich schon weiß Gott wie lange auf diesen Unterricht gefreut, selbst wenn die Fahrzeuge und das Gefühl, sie zu lenken, nur ein Fake waren. Seit Wochen löcherte er Vincent mit Fragen darüber – der hatte das schließlich bereits hinter sich – und sogar heute hatte er ihn noch den ganzen Tag über so sehr damit gepiesackt, dass Vincent nach dem Mittagessen irgendwann völlig entnervt den Stecker gezogen und ihre Verbindung gekappt hatte. Seitdem hatte Ben ihn nicht mehr erreicht. Deswegen war er jetzt auf dem Weg zu Vincents Klassenzimmer, er wollte sich für sein kindisches Verhalten entschuldigen. Die Worte dafür hatte er sich schon zurechtgelegt. Er bog in den Gang, genau in dem Augenblick, in dem die Tür des Unterrichtsraums aufschwang – und Vincent herauskam, den Arm um Donna gelegt. Ben erstarrte. Wie es schien, bemerkten sie ihn nicht, obwohl Vince sonst ein hervorragendes Gespür dafür hatte, wann Ben sich in der Nähe befand.

Er überlegte fieberhaft. Einfach zu den beiden hingehen wollte er nicht, er vermied es, Donna zu nahe zu kommen, wann immer er konnte. Die Gefahr, dass sein unterschwelliger Hass auf sie überkochte und er sie verletzte, war ihm viel zu groß. Also blieb er in sicherer Entfernung stehen und griff zu dem Mittel, auf das er eigentlich hatte verzichten wollen: Er baute ihre Leitung neu auf. Nachdem er nur wenige Meter von Vince entfernt stand, dauerte das lediglich den Bruchteil einer Sekunde und kam damit zu schnell und zu überraschend für Vincent, um zu reagieren.

Hey Vince, ich wollte-

Siehst du nicht, dass ich beschäftigt bin? Warte gefälligst bis heute Abend.

Vincent schnitt ihm nicht nur quasi das Wort ab, nach der harschen Erwiderung kickte er ihn auch noch aus seinem Geist. Ben stand mit offenem Mund da und musste tatenlos zusehen, wie Vincent mit Donna davonstolzierte.

*

Nach Unterrichtsende und etwa einer Stunde ruhelosem Hin- und Herlaufens in seinem Zimmer hatte Ben das Gefühl, eine Schneise in den harten Steinboden gelaufen zu haben. In seiner Brust stach es, als säße ein Dorn unter seiner Haut, den er nicht los wurde, und in seinem Herzen machte sich eisige Kälte breit. Was dachte Vincent sich nur dabei? Nicht nur, dass er diesem Mädchen die Zeit schenkte, die er mit ihm hätte verbringen können, nein, er kickte ihn obendrein einfach aus ihrer gemeinsamen Leitung heraus. Ben kam sich vor wie ein Hund, dem man bei strömendem Regen die Tür vor der Nase zugeschlagen hatte. Wie konnte Vincent das nur tun? Dem würde er es zeigen!

Die Türen hatten keine Schlösser und konnten somit nicht abgesperrt werden, aber das hinderte Ben nicht daran, den Eingang anderweitig zu blockieren. Er hatte einen Stuhl unter die Klinke geschoben, was zwar kein effektives Hindernis für einen Telekineten darstellte, doch er hoffte, trotzdem ein deutliches Zeichen damit zu setzen. Prompt rüttelte jemand an der Tür. Ein schneller Blick auf das Gedankenmuster sagte ihm, dass sein Plan aufging und Vincent sich fast die Nase an der Barriere eingerannt hatte. Ben verschränkte die Arme und sah zu, wie sich Vincents Finger durch den schmalen Türschlitz arbeiteten.

„Ben? Was soll das? Lass mich rein! Ich würde nur ungern die Tür oder irgendwelches Mobiliar beschädigen!"

„Komm später wieder, ich bin gerade nicht zu sprechen."

„Das ist auch MEIN Zimmer und ich verlange, dass du mich sofort rein lässt!"

„Du kannst mich mal!"

Daraufhin wurde es einen Moment ruhig draußen auf dem Gang und Ben wagte fast zu hoffen, dass Vincent aufgegeben hatte. Eine Mischung aus Triumph und Enttäuschung erfüllte ihn, als Vincents Stimme leise und drohend durch den Türspalt kam.

„Du lässt mich jetzt sofort herein oder ich werde das melden."

Ja, das passte zu dem verdammten, elenden, verlogenen Streber, damit zu Dumont oder sonst wem zu rennen und ihn zu verpetzen, damit er die nächsten Wochen in den Katakomben im Keller verrottete! Dann wäre er aus dem Weg und Vince konnte sich mit Donna ungestört eine schöne Zeit machen. Die Wut löschte seine Ratio aus und er verdrängte, dass Vincent der Letzte war, der ihm schaden wollte.

„Wem willst du denn erzählen, dass ich dich nicht rein lasse? Deiner süßen kleinen Freundin vielleicht? Bestimmt tröstet sie dich ...“ Noch während er keifte, fiel ihm siedend heiß ein, dass er mit seiner Aktion eine herrliche Grundlage für Vince geschaffen hatte, genau das zu tun – zu Donna zu gehen und die Nacht mit ihr zu verbringen. Fuck! Aber zumindest für den Moment konnte er nicht einfach zurückrudern und die Tür freigeben. Das war eine Frage des Prinzips: Er gab nicht nach.

„Ich könnte mir auch schlichtweg ein anderes Zimmer geben lassen.“ Vincent klang dabei ziemlich gleichmütig. War es ihm wirklich so egal, wo er schlief? Mit wem er schlief?

„Wär doch mal eine Abwechslung. Scheinst du offensichtlich nötig zu haben, wenn du dich lieber mit dieser Schlampe vergnügst ...“ *als mit mir.* Schnell verschluckte er die Worte. Vincent musste nicht wissen, wie sehr es ihn wurmte, dass sein Freund jemand anderen ihm vorzog.

„Ich dachte, du wärst jemand, mit dem man auch vernünftig reden kann.“

Das Bedauern in Vincents Tonfall sorgte dafür, dass Ben, angestachelt von Wut und angekratzter Ehre, doch den Stuhl wegnahm und die Tür aufriss.

„Ach, *reden* willst du? Ich dachte, du wolltest mich nur wieder fi..."

Vincent hielt ihm brutal den Mund zu, kickte mit einem Fuß die Tür ins Schloss und schubste Ben so hart ins Zimmer, dass er gegen den Stuhl stolperte.

„Halt den Mund! Du verstehst gar nichts!"

„Ich verstehe alles und ich verstehe es vollkommen richtig." Statt zu schreien, redete er leise, was nie ein gutes Zeichen bei ihm war. Er zitterte vor Wut und vergrub seine Hände in den Hosentaschen, um zu verstecken, wie es ihm ging. Außerdem sah das lässiger aus. Vincent würde schon nicht anfangen, ausgerechnet jetzt in ihm zu lesen wie in einem offenen Buch. Hoffte er zumindest, kehrte seinem Freund aber vorsichtshalber auch noch den Rücken zu.

„Was ist denn eigentlich in dich gefahren? Du hast keinen Grund, so auszuticken."

Die Frage brachte Ben an den Rand des nächsten Tobsuchtsanfalls. *DU* lag ihm schon auf der Zunge, er verschluckte die Silbe, bevor sie ihm über die Lippen kommen konnte.

„Nein, schon klar. Der dumme kleine Junge spinnt nur, oder wie?"

Vince schnaubte leise und es hörte sich näher an, als ihm lieb war. Der Leisetreter war an ihn herangeschlichen.

„Im Moment scheinst du jedenfalls nicht ganz du selbst zu sein. Was ist los, Ben?"

„Das könnte ich dich fragen! Hurst in der Gegend herum, als ob ..."

„Was?!" Vincent packte ihn am Arm und drehte ihn zu sich herum. „Wer hat das behauptet?!"

Sein Blick war voller Zorn. Als ob dieser Bastard es nicht wüsste.

„Das muss niemand behaupten, das sieht jeder, der Augen im Kopf hat! Du und Donna, als ob ihr gleich in die nächste Besenkammer verschwinden wollt ..."

Vincent begann zu lachen. „Du hast echt eine lebhafte Fantasie!"

Pah, von wegen Fantasie! Nicht nur, dass er es leugnete, nein, sein Freund und Bettgefährte nahm ihn noch nicht einmal ernst! Das brachte das Fass von Bens Wut zum Überlaufen. Er schoss auf Vincent zu und stieß ihm aus der Bewegung heraus so kräftig gegen die Brust, dass der rücklings auf sein Bett krachte. Einen Wimpernschlag später kniete Ben über ihm und pinnte Vincents Oberarme gegen die Matratze, ohne Rücksicht darauf zu nehmen, dass der ihm an Kraft und Masse überlegen war. So wie er innerlich kochte, hatte er das Gefühl, dass sein Blick Funken sprühte.

„Du verlogener Bastard", zischte er. „Machst ganz öffentlich mit der Tussi 'rum und behauptest allen Ernstes, da würde nichts laufen! Ist doch klar, wie die dich anhimmelt. Reicht es dir nicht, mich zu ficken?" Mit boshafter Befriedigung genoss er den verwirrten Blick, mit dem Vincent ihn ansah. Der Kerl unter ihm schien völlig perplex.

„Ich werde dich so fertig machen, dass du nie wieder ans Ficken denkst!“

Mit einem harten Griff packte er Vincents Hemdkragen und riss an dem Stoff, sodass die Knöpfe wie kleine Geschosse durch die Gegend flogen. Ungeduldig streifte er den Stoff zur Seite, beugte sich über den entblößten Oberkörper und biss unsanft in eine der Brustwarzen, während er die andere zwischen zwei Fingern malträtierte. Der spitze Schrei, den Vince ausstieß, machte ihn unheimlich an und verwandelte seine Wut in alles verschlingende Erregung. Sein Schwanz puckerte hart und pumpte im Takt seines Herzschlags flüssiges Feuer durch seinen Körper.

Vincent versuchte, sich aufzurichten, Ben drückte ihn wie eine Puppe zurück auf das Bett.

„Hey, spinn...“ Weiter ließ er seinen Freund gar nicht erst kommen, unterband jeden Protest, indem er ihm zwei Finger in den Mund steckte – einen Kuss imitierend und gleichzeitig dafür sorgend, dass er seinen Lover nicht trocken dehnen brauchte. Sein Knie rieb er unsanft an Vincents Körpermitte, der inzwischen weniger überrascht, sondern vielmehr erregt wirkte. Ben konnte die anschwellende Härte an seinem Oberschenkel fühlen.

„Halt ja die Klappe!“, zischte er. Mit seiner freien Hand, die nicht gerade Vincents Maul stopfte, öffnete er etwas ungelenk dessen Hose.

Dieser Bastard besaß auch noch die Dreistigkeit, ihm die Finger abzulecken und ihn mit diesen lüsternen Liebkosungen von seinem Vorhaben abzulenken. Wenigstens half er ihm, die Hose auszuziehen. So wirklich schien er sich seiner Lage noch nicht bewusst zu sein. Die Erkenntnis würde früh genug kommen ... Hart umfasste er Vincents Erektion, pumpte sie brutal, was dem ein Stöhnen aus der Kehle rang. Als Vince sich die Hose das letzte Stück über die Beine gestrampelt hatte, zwang Ben ihm mit den Knien grob die Beine auseinander – und sah sich dem Problem gegenüber, dass er sich nicht selbst ausziehen und gleichzeitig seinen Partner in der unterlegenen Position halten konnte. Die Lösung blitzte in seinem Denken auf und am liebsten hätte er sich dafür die Hand vor die Stirn geschlagen.

„Zieh mich aus!", befahl er rüde und zog scharf die Luft zwischen den Zähnen hindurch, als Vince diese Order tatsächlich auszuführen begann.

Etwas funkelte in Vincents Blick und Ben war sich ziemlich sicher, dass es Verlangen war. Vincents Schwanz hatte sich ebenfalls schon geregt, auch wenn er noch nicht so prall und hart war, wie Ben sich das vorstellte. Das würde sich gleich ändern.

„Und was hast du jetzt vor?" Der spöttische Unterton in Vincents Frage nervte Ben extrem.

War das nicht offensichtlich? Vince hatte ihn immerhin schon oft genug gefickt, um zu wissen, worauf er ihn vorbereiten wollte. Daher ersparte er sich eine Antwort und drückte seine feuchten Finger ohne Umschweife gegen Vincents Anus. Aus reiner Gewohnheit stellte er gleichzeitig eine mentale Verbindung zu ihm her und bekam daher sein Entsetzen live und in Farbe geliefert. Sein ganzer Körper verspannte sich und Ben rechnete damit, jeden

Moment brutal weggeschleudert zu werden. Trotzdem wollte er das jetzt durchziehen, soweit Vincent es zuließ. Es war ein aufregender Augenblick, als seine Finger die Rosette tatsächlich teilten und in Vincents Inneres rutschten. Die Hitze und die wellenartigen Kontraktionen der Muskeln waren für ihn unerwartet und erregten ihn auf eine völlig neue Art, die mehr seinen Kopf betraf als seinen Unterleib. Er kannte dieses Gefühl, hatte es schon einmal erlebt – allerdings nicht im Zusammenhang mit Sex. Macht. Es war die triumphale Empfindung der Macht!

Vincent stöhnte unter ihm, da war kein Genuss in seinem Blick und auch innerlich sträubte er sich. Trotzdem ließ er Ben gewähren und hielt ihn nicht auf. Dabei wäre es ein Leichtes für ihn gewesen, er war der Stärkere von ihnen, nicht nur in Hinsicht auf seine PSI-Kraft. Einen Moment zweifelte Ben, ob er weitermachen sollte, doch dann rief er sich in Erinnerung, dass er es seinem Freund heimzahlen wollte, ihn für Donna aus seinem Kopf gekickt zu haben. Unbarmherzig schob er seine Finger weiter in die Enge und krümmte sie so, wie er es bei Vincent immer erlebt und gespürt hatte.

Dieses Mal bockte Vincent unter ihm auf und wand sich. Da hatte er wohl eine empfindliche Stelle getroffen. Ben grinste. Seine Ankündigung, Vincent fertig zu machen, war keine leere Drohung gewesen. Es machte ihn unglaublich an, ihn so unter sich zu haben, eine Hand in seinem Arsch, die andere fest in seine Schulter verkrallt.

Zufrieden bemerkte er, wie sich erst Vincents Geist und danach sein Körper entspannte, seine Schenkel öffneten sich wie von selbst, er hob Ben das Becken entgegen, minimal nur, aber die Bewegung war da.

Bleib ruhig, sonst kann ich nicht garantieren, dir nicht wehzutun.

Die Antwort bestand in einem leisen, rauen Keuchen. Ben lockerte die Finger, die er in Vincents Schulter gegraben hatte, und strich mit der ganzen Hand bestimmt über dessen Brust und den Bauch, bis er die Faust um den inzwischen doch prallen Schwanz schließen konnte. Die Erinnerung an sein erstes Mal mit Vince blitzte in seinem Denken auf, und mit einem breiten Grinsen beugte er sich über die Erektion.

Ich bin perfekt ruhig, vernahm er Vincents brüske Lüge und fragte sich, wie lange das wohl noch so bliebe, bei dem, was er vorhatte.

Für Vincent völlig unerwartet umschloss er dessen Eichel mit seinem Mund und rammte ihm dabei die Finger tief in den Leib. Vince schrie auf, diesmal wirklich vor Lust, begann sich hektisch zu bewegen und kam dabei abwechselnd Bens Mund und seinen Fingern entgegen.

So ist es gut. Fick dich selbst auf meinen Fingern. Wenn du willst, kannst du auch kommen, aber glaub nicht, dass ich dich danach nicht nehmen werde.

Vincents Denken ging in einem rot wabernden Nebel aus Lust unter, Bens Worte kamen nicht mehr in seinem Bewusstsein an. Was ihn allerdings auf eine neue Idee brachte. Er konnte so viel mit dem menschlichen Geist anstellen, warum also sollte er seinen Lover nicht auch auf diese Weise zusätzlich erregen und reizen? Nur weil es bisher niemand geschafft hatte, bedeutete das doch nicht, dass er es nicht konnte ... Für den Moment brauchte er den Zusatzkick für Vincent allerdings noch nicht, der bockte wie ein Fohlen und bäumte sich jedes Mal unkontrolliert auf, wenn Ben die Zähne an seinem Schwanz einsetzte oder mit der Zungenspitze in das kleine Loch in der Eichel bohrte. Es dauerte keine zwei Minuten, da ergoss sich Vincent lauthals stöhnend in Bens Mund und zuckte wie ein Fisch an Land. Sein Inneres pulsierte um Bens Finger, langsam zog er sie heraus. Allerdings nicht, um Vincent etwas Ruhe zu gönnen, im Gegenteil. Rasch verrieb er eine große Portion Gleitgel auf seinem eigenen harten Schwanz und drang mit einem Ruck in den wild zuckenden Eingang ein.

Vincent grollte dunkel und wand sich vor Überreizung und Schmerz und brachte Ben so dazu, einen neuen Bereich seiner Telepathie auszutesten. Er dämpfte den Schmerz, heizte die Lust an und ließ seinen Freund fühlen, was er gerade spürte. Enges, zuckendes Fleisch an seinem Schwanz, das ihn rhythmisch massierte, Wärme, unbändige Geilheit, das Verlangen nach mehr und den Wunsch nach Erlösung.

„Dein Schmerz und deine Lust gehören mir. Ich kann darüber herrschen, wie ich will“, ächzte er, während er sich in einem gleichmäßigen, harten Rhythmus in ihn rammte. „Und wenn ich will, dass du kommst, dann wirst du so viel Lust empfinden, dass du auf ein Wort von mir abspritzt.“

Vincents Lider flatterten einen Spalt auf und der Blick, den er ihm zuwarf, zauberte Ben trotz aller Anstrengung, sich selbst von seiner Erregung nicht zu sehr mitreißen zu lassen und jetzt schon zu kommen, ein breites Grinsen auf die Lippen.

Schließ die Augen. Du brauchst nichts sehen, du brauchst nur zu fühlen!

Gehorsam klappte Vince die Augen zu und ließ sich von Ben vertrauensvoll in die nächste Welle der Lust schicken. Auch Ben senkte die Lider, seine Konzentration teilte sich in das, was er mit seinem Körper fühlte, und das, was in seinem und Vincents Bewusstsein vorging. Und wenn man ihn gefragt hätte, hätte er nicht sagen können, was davon geiler war ...

Rasch blendete er den mentalen Aspekt komplett aus, bevor er ihn zu weit treiben konnte. Das enge Loch zuckte um seinen Schwanz herum und massierte ihn, der Muskel an der Wurzel und die Innenwände seinen gesamten Schaft. Ben schnappte nach Luft. Okay, selbst das wurde für ihn langsam aber sicher zu viel ... Ben versuchte, langsam zu machen, doch das intensivierte und verschlimmerte diese hyperintensiven Gefühle nur noch. Also wurde er wieder schneller, hämmerte sich mit kurzen, harten Stößen in Vincents Inneres und öffnete dabei alle Gedanken- und Gefühlskanäle. Ihre Verbindung war berauschend, er teilte einen Geist, eine Empfindung mit Vincent und sie schienen auf allen Ebenen miteinander zu verschmelzen.

Er selbst hatte auch die Augen geschlossen und verging vor Verlangen und purer Ekstase. Hinter seinen geschlossenen Lidern gab es kein Dunkel mehr, auch kein Licht, alles schien sich aufzulösen, er wurde hart gebeutelt von dieser alles verzehrenden Lust, die sich nicht mehr auf einen Punkt seines Körpers beschränkte, sondern ihn völlig ausfüllte, bis er so übervoll war, das er sich aufzulösen drohte. Er brauchte eine Pause, wenn er nicht wollte, dass dieser Akt ein jähes und viel zu frühes Ende fand. Schließlich war es noch nicht einmal annähernd genug für ihn, er wollte das Gefühl, sich in Vincent zu befinden, wesentlich länger auskosten, sich wohlig in der Empfindung aalen, um die Erinnerung daran für immer in seinem Gedächtnis zu konservieren. Diese eine spezielle Erinnerung sollte sein Leben lang abrufbar sein – das Erlebnis war viel zu schön und zu kostbar, es durfte nicht vergehen. Auf zitternden Oberarmen stützte er sich über Vincent ab, zwang sich, durch den halb offenen Mund langsam zu atmen, versuchte, wieder mehr Kontrolle über sich und seinen Körper zu gewinnen. Von Vince empfing er dessen lustvolle Qual, die die Pause für ihn darstellte: Ausgefüllt von einem heftig pulsierenden Schwanz, der anhaltende, wenn auch leichte Druck auf seinen Lustpunkt. Ben schielte zwischen ihren Körpern nach unten und entdeckte bei jedem Atemzug, den Vincent machte, milchiges Präejakulat aus dessen Spitze quellen.

Er war so hingerissen von diesem Anblick, dass er Vincents Finger an seinem Hintern erst bemerkte, als er in ihn eindrang. Reflexartig bog er den Rücken durch, drang dadurch tiefer in ihn als zuvor, was ihnen beiden einen weiteren Kick gab. Ben stöhnte, da er jetzt nicht nur die Illusion des Ausgefülltseins von Vincent empfing, sondern tatsächlich von zwei feuchten Fingern erobert wurde.

Das hier war durch nichts zu übertreffen, was sie jemals getan hatten. Mit niemand anderem konnten sie das teilen, was sie miteinander hatten. Der Zorn der Erkenntnis darüber ließ Ben weiter hart zustoßen. Vince wollte also ein Mädchen? Dieses Mädchen könnte nie das tun, was er gerade tat, in keinerlei Hinsicht. *Willst du das wirklich, Vince, willst du sie gegen mich tauschen, der dir all das geben kann?*

Ben zweifelte, dass Vincent oder er selbst jemals jemandem so vertrauen konnte, wie sie einander vertrauten. Niemals würde er jemandem so viel von sich zeigen, sich so berühren und dominieren lassen wie von Vincent. Denn auch, wenn er es war, der Vincent nahm, so beeinflusste der ihn doch mit den Fingern in seinem Hintern und dirigierte ihn wie ein Musiker in den Takt, den er wünschte. Vincent antwortete nicht, er war dazu im Moment einfach nicht in der Lage, und Ben nahm das nur von leisem Stöhnen unterbrochene Schweigen als Kompliment. Er hatte auch keine Chance, lange darüber nachzudenken, die Arbeit der Finger wischten jeden bewussten Gedanken aus seinem Kopf und sorgten dafür, dass er sich hauptsächlich auf die körperlichen Empfindungen konzentrierte. Selbst das war ein Wechselspiel zwischen ihnen: Vincent bohrte seine Finger in ihn, so tief es ging, er revanchierte sich mit harten, schnellen Stößen. Bis zu dem Augenblick, in dem sich sein Lover unter ihm so fest zusammenzog, dass Ben keine Möglichkeit mehr hatte, sich zu bewegen, ohne sich zu verletzen. Die Kontraktionen der Muskeln erreichten eine Heftigkeit, die Ben atemlos aufschreien ließen. Es fühlte sich an, als wolle Vincent ihn in sich zerquetschen.

Die Massage beschränkte sich nicht auf Bens Schwanz, die Vibrationen rauschten durch seinen Körper und brachten seinen Kopf zum Summen. Dieser ekstatische Wirbelsturm, der ihn mit sich gerissen hatte, erreichte seinen Höhepunkt. Jede Faser seines Körpers schien zu rebellieren, in heißem Verlangen zu glühen. Die ganze Spannung entlud sich mit einem Mal in einer gewaltigen Explosion, die in seinen Lenden begann und sich dann bis unter seinen Scheitel ausbreitete, bis er nichts mehr von sich spürte. Sein Leib, sein Bewusstsein, alles wurde in seinen einzelnen Bestandteilen auseinander gerissen, bis nichts mehr Bedeutung hatte. Erst nach etlichen Sekunden glückseliger Nichtigkeit kehrte er in die reale Zeitrechnung zurück, die Teile seines Seins, seines Verstandes und seines Körpers setzten sich wieder zusammen und er wurde sich seiner selbst wieder bewusst, wie er keuchend und zuckend auf Vincent lag, ihn unter sich begrub und sich mit dessen Sperma an ihn klebte. Sein Freund war offenbar mindestens genauso heftig gekommen und hechelte hektisch. Er hatte so stark geschwitzt, dass die Ränder seiner Brille beschlagen waren. Er hatte den richtigen Zeitpunkt verpasst, sie ihm abzunehmen, also holte er das jetzt nach und küsste ihn dann auf die Stirn.

Du wirst nie jemanden finden, der dich so befriedigen kann wie ich, schickte er ihm sanft und bedrohlich zugleich über die mentale Verbindung, ehe er sie kappte.

Dummerweise traf das im Umkehrschluss genauso zu, dachte er bitter und biss Vincent zur Strafe für diese Abhängigkeit in den Hals.

10.

„Ben, komm mit. Ich möchte etwas mit dir ausprobieren.“ Mit diesen Worten wurde Ben von Jean, einem seiner Lehrer, vor dem Klassenzimmer abgefangen, ehe die erste Unterrichtsstunde begann. Ohne weitere Erklärung drehte der Mann sich um, Ben folgte ihm schulterzuckend. Seine Neugier wuchs mit jedem Schritt, doch eine Nachfrage war zwecklos. Er musste sich überraschen lassen, was Jean mit ihm vorhatte.

Es dauerte nicht lange, bis der Lehrer ihn in einen kleinen, vollkommen leeren Raum lotste und die Tür hinter ihnen schloss. Ratlos stand Ben mitten im Raum und verfolgte mit skeptisch hochgezogenen Augenbrauen, wie Jean mit einem Stapel Papiere herum wedelte.

„Ich habe gestern die neuesten Auswertungen deines EEGs bekommen. Deine Gehirnströme haben ein Ausmaß erreicht, wie ich es nur selten zuvor erlebt habe.“ So aufgeregt hatte Ben seinen Lehrer noch nicht gesehen.

„Aha. Und das bedeutet jetzt was?“

„Das bedeutet, dass ich dich jetzt gleich einem kleinen Test unterziehen werde, und wenn du ihn bestehst, kommst du in eine neue Trainingsgruppe.“

Nun war es Ben, in dem sich Aufregung breitmachte. Mit einer knappen Verabschiedung löste er die Verbindung zu Vincent und richtete seine volle Aufmerksamkeit auf den Lehrer, der nervös mit der Fußspitze auf den Boden tippte, auf seine Uhr sah und leise „Wo bleibt er nur?“ murmelte.

Ben biss sich auf die Zunge. Nein, er würde jetzt nicht fragen, auf wen Jean wartete. Nach wenigen Augenblicken eiserner Selbstbeherrschung erübrigte sich die Frage von selbst: Die Tür ging auf, herein kam ein junger Mann, von dem Ben nur wusste, dass er Lucian hieß und ein meisterhafter Telepath war.

„Entschuldigung, ich musste mich erst noch abmelden", erklärte Lucian seine Verspätung, wandte sich Ben zu, musterte ihn von oben bis unten und schnaubte leise.

„Du bist doch der Kumpel von Zero Gravity, oder? Ich habe schon von dir gehört."

Zero was? Wer? Der Kerl sprach in Rätseln ... Vielleicht verwechselte er ihn auch, wenn nicht hatte er nicht die geringste Ahnung, wen oder was Lucian meinte. Außerdem konnte Ben keinen Grund für den abfälligen Ton erkennen, den Lucian anschlug, was ihn in seinen Augen nicht unbedingt sympathischer machte. Jeans Einmischung unterbrach seine Überlegungen und enthob ihn einer Antwort.

„Ben, deine Fortschritte sind so enorm, dass wir uns gefragt haben, ob du nicht zur Elite gehören könntest. Lucian wird dir jetzt etwas zeigen, zu dem wirklich nur die besten Telepathen in der Lage sind. Er wird dich jetzt übernehmen und Steuern, anschließend versuchst du das gleiche bei ihm."

Vor Überraschung klappte Ben der Mund auf. Der zweite Teil dieses Vorschlags war ja ein richtiger Hammer! Gegen den ersten Teil sträubte er sich allerdings, es kam gar nicht infrage, dass irgendwer die Kontrolle über seinen Geist übernehmen sollte.

„Ich kann das auch versuchen, ohne dass er das zuvor mit mir macht“, protestierte er empört.

Jean schüttelte den Kopf. „Das ist mir schon klar. Es geht darum, dass du am eigenen Leib erfährst, wie es sich anfühlt.“

„Du brauchst keine Angst haben, kleiner Feigling. Ich tue dir nicht weh und es dauert auch nicht lange.“ Lucians arrogantes Gehabe brachte Ben auf die Palme. Er verschränkte die Arme vor der Brust und starrte den Älteren wütend an. Gedanken an Vincent schossen ihm durch den Kopf und wie stolz der auf ihn wäre, wenn er diesen Test bestand. Ergeben nickte er.

Lucian grinste herablassend. „Ich werde jetzt vorsichtig in deinen Verstand eindringen. Das wird sich komisch anfühlen, aber wehre dich nicht dagegen, sonst besteht die Gefahr, dass ich dich verletze.“

Auch das noch! Ben schloss die Augen, atmete tief durch und nickte erneut.

Im nächsten Moment bemerkte er ein fremdes Bewusstsein, das sein eigenes Denken verdrängte. Er zwang sich, ruhig zu bleiben und nicht zu versuchen, den fremden Geist aus seinem Kopf zu werfen. Lucians Wille breitete sich explosionsartig aus, von Bens eigenem blieb nur ein winziges Fünkchen am Rande seines Verstandes. Es war grausam: Ohne sein bewusstes Zutun ging sein Körper auf die Knie, der Kopf senkte sich demütig. Alles in Ben schrie danach, aufzustehen – diese Haltung hätte er niemals freiwillig eingenommen. Doch seine Nerven leiteten die Befehle seines Gehirns nicht an die Muskeln weiter, fast so, als gäbe es keine Verbindung zwischen Kopf und Körper. So musste es sein, wenn man gelähmt war ... Eiskaltes Entsetzen kroch seine Wirbelsäule hinauf. Er wollte aufbegehren, wollte Lucian anbrüllen, ihn sofort freizugeben – kein einziger noch so kleiner Laut kam über seine Lippen. Nicht einmal den Kopf konnte er anheben.

Und dann war es vorbei, von einer Sekunde auf die andere war die Fremdbestimmung verschwunden und sein Körper frei. Ben sprang auf die Beine und wollte auf Lucian losgehen, doch ehe er ihn erreichte, sank der mit einem schmerzerfüllten Ächzen zu Boden und legte sich wimmernd die Hände um den Schädel. Jean sprang ihm zu Hilfe, kniete sich vor ihn und flößte ihm eine milchig trübe Flüssigkeit aus einer Flasche ein, die er aus seiner Aktentasche zauberte. Ben hatte Derartiges bereits mehrfach beobachtet und sich von Vincent darüber aufklären lassen, dass es sich dabei um ein leichtes Schmerzmittel handelte. Betroffen hockte er sich neben Lucian und strich ihm unbeholfen über den Rücken. Er hatte ja nicht geahnt, welche Folgen so eine mentale Übernahme für den Ausführenden mit sich brachte ... Während er Lucian betrachtete, erwuchs in ihm sowohl Respekt für den anderen Telepathen als auch ein wenig Furcht vor der neuen Aufgabe. Wie lange mochte es dauern und wie viele Schmerzen würde er ertragen müssen, bis er die gleiche Leistung wie Lucian erbringen konnte? Vorausgesetzt, er schaffte es jemals.

Ben hatte keine Ahnung wie lange es dauerte, bis sich Lucian schwerfällig auf die Beine wuchtete und sich einsatzbereit für den zweiten Teil zeigte – jedenfalls lange genug, um seine Nervosität vor der bevorstehenden Aufgabe dermaßen zu steigern, dass ihm die Knie schlotterten. Gleichzeitig brannte er darauf, zu erfahren, wo seine Grenzen lagen.

„Der Anfang ist nicht tragisch", klärte ihn Jean auf. „Du stellst eine Verbindung her und ..."

Mehr hörte Ben von der Instruktion nicht, er blendete alles um sich herum aus und konzentrierte sich voll und ganz auf den anderen Telepathen. Den Link zwischen ihnen aufzubauen kostete ihn so viel Mühe, wie Atem zu holen. In Gedanken sah er Lucians Gehirn vor sich, sah die Synapsen und Nervenknoten in elektrischer Energie aufblitzen, sah sich selbst diese Kontakte durchschneiden und neu erstellen.

Dreh dich im Kreis, dachte er und stellte sich die Bewegung bis ins kleinste Detail vor. Verblüfft verfolgte er, wie Lucian anfing, sich um die eigene Achse zu drehen. Er kämpfte das Aufbäumen des unterdrückten Willens nieder, registrierte Lucians verzerrte Miene. Das war gar nicht so schwer, wie er es sich vorgestellt hatte! Ben entspannte sich und gluckste leise, als er die Kreisbewegung stoppte und seinen Übungspartner stattdessen wie ein Känguru mit angewinkelten Armen durch den Raum hüpfen ließ. Es folgte ein Purzelbaum, anschließend durfte Lucian mit in die Taschen geschobenen Händen lässig durch das Zimmer schlendern. Lucians Verstand wehrte sich heftiger, er wollte ihn mit aller Macht aus seinem Kopf sperren, doch Ben zerschmetterte die sich aufbauenden Barrieren im Bruchteil einer Sekunde. Es machte viel zu viel Spaß, den älteren Telepathen mit hölzernen, roboterartigen Bewegungen wie eine Marionette hin und her laufen zu lassen und zu wissen, dass der gar keine andere Wahl hatte, als seinen Befehlen Folge zu leisten.

Jemand packte ihn an der Schulter und riss ihn nach hinten, die Verbindung brach abrupt ab, Bens Geist schleuderte in sein eigenes Bewusstsein zurück, was ihm ein gequältes Zischen entlockte. Er wirbelte herum und starrte in das blasse, fassungslose Gesicht seines Lehrers. Hinter sich hörte er einen dumpfen Schlag. Jean flitzte an ihm vorbei und kniete erneut neben Lucian auf dem Boden.

Ben blinzelte irritiert. Was war nun los? Wieso lag Lucian schon wieder auf der Erde und warum stand er noch? Sollte es nicht andersherum sein?

Langsam kam Lucian in die Höhe. Jeder Anflug von Arroganz war verschwunden, im Gegenteil, er wirkte verstört und beeindruckt.

„Ich habe über ein Jahr gebraucht, um jemanden ein paar Sekunden übernehmen zu können. Vor dir sollte man sich wirklich in Acht nehmen, du bist der reinste Puppenspieler." Lucian klang fertig und müde, seine Stimme war leise und zitterte leicht.

Puppenspieler? Ben konnte sich ein Grinsen nicht verkneifen. Ja, einen anderen Menschen zu übernehmen, hatte tatsächlich etwas von einem Marionettenspiel: Man steuerte sie, zog an unsichtbaren Fäden und ließ sie nach eigenem Wunsch tanzen ...

Lucian wandte sich ab und verschwand leicht schwankend. Ben sah ihm nach, bis leises Räuspern ihn herumfahren ließ. Jean betrachtete ihn mit zusammengepressten Lippen, die wie ein weißer Strich im leichenfahlen Gesicht anmuteten. Gespannt wartete Ben auf eine Reaktion, auf ein Lob oder einen Rauswurf, auf irgendwas, und die Zeit, bis Jean sich regte, zog sich qualvoll in die Länge.

„Ich habe noch nie zuvor eine Kraft wie deine erlebt. Es ist Irrsinn, dich auszubilden, aber noch wahnsinniger wäre es, das nicht zu tun und deine Fähigkeiten herzuschenken. Ab morgen kommst du in die Elitegruppe und wirst mit verschiedenen Partnern ein Team bilden. Du wirst lernen, so mit anderen zusammenzuarbeiten, dass ihr euch perfekt ergänzt."

Ben sprudelte fast über vor Glück, nur mit Mühe hielt er sich davon ab, Jean jubelnd um den Hals zu fallen. Oh, Vincent würde ausflippen, wenn er ihm davon erzählte!

„Noch etwas", fuhr Jean fort. „Die Leute in der Gruppe sprechen sich nicht mit ihrem eigentlichen Namen an, weil das später bei den Einsätzen zu gefährlich wäre. Fremde sollen nicht wissen, wie ihr heißt. Überlege dir bis morgen also einen passenden Codenamen."

Stolz reckte Ben das Kinn nach oben. „Da gibt es nichts zu überlegen. Lucian hat es vorhin doch schon gesagt: Ich bin ein hervorragender Puppenspieler. Mein Codename lautet Puppeteer."

*

Wie Ben erwartet hatte, zeigte sich Vincent tatsächlich begeistert von den Neuigkeiten. Nachdem sie diesen Erfolg ausgiebig im Bett gefeiert hatten, nahm er Ben in die Arme, küsste ihn zärtlich und murmelte: „Ich habe mir schon so lange gewünscht, dass du in die Elite aufgenommen wirst. Es wäre ein Traum, wenn wir beide als Team zusammenarbeiten könnten."

Ben zog den Kopf ein wenig zurück und sah seinen Freund überrascht an.

„Wie, als Team zusammen? Was meinst du?"

„Ich bin bereits eine ganze Weile in der Gruppe. Aber bisher hatte ich noch keinen Partner, mit dem ich gern ein Team gebildet habe."

Na, das waren ja Neuigkeiten! „Und warum hast du mir das nicht längst erzählt? Wie ist dein Codename?"

„Weil wir darüber Stillschweigen zu bewahren haben. Hätte ich dir etwas davon gesagt, wäre ich gefeuert worden. Mein Codename ist Zero Gravity. Hast du dir auch schon einen überlegt?"

Mit dieser Erklärung ergab alles, was Lucian vor ihrer kleinen Machtdemonstration gesagt hatte, einen Sinn. Die Antwort auf Vincents Frage ließ Bens Brust vor Stolz anschwellen.

„Ja, hab ich. Puppeteer."

Vincent nickte anerkennend. „Das passt, besser könnte man dich gar nicht beschreiben."

*

Das Training stellte sich als anspruchsvoller und schwerer heraus als alles, was Ben in den ganzen Jahren erlebt hatte.

Er lernte seine Telepathie auf Arten zu nutzen, die er nicht einmal in seinen wildesten Fantasien für möglich gehalten hätte. Dazu kam weiteres Kampftraining, oft in Verbindung mit PSI-Übungen. Jedes für sich war eigentlich kein Problem, das Zusammenspiel von Körperkoordination und mentalem Einsatz machte den Unterricht zu einer enormen Herausforderung. In der ersten Zeit fiel Ben jeden Abend wie tot in sein Bett, schmiegte sich mit schmerzenden Muskeln und hämmerndem Kopf an Vincent und schlief, sobald Vincent die Decke über sie breitete.

Da keiner der restlichen Schüler mit ihm zusammenarbeiten wollte, setzte Vincent leicht durch, mit Ben ein Team bilden zu können. Ben war glücklich darüber. Im Gegensatz zu den anderen hatte Vincent keine Angst vor ihm, sie vertrauten sich und verstanden sich blind, selbst ohne Telepathie. Mit Vincent als Trainer stürzte er sich auch in ein anstrengendes Programm, um zumindest ein klein wenig Muskelmasse aufzubauen. Die ersten Erfolge zeigten sich bald, nicht nur in seiner Physis, auch in der Kondition. Obendrein schoss er noch einmal ein paar Zentimeter in die Höhe und ging Vincent zuletzt bis an die Nasenspitze. Innerhalb einiger Wochen wurde aus dem schlaksigen Jungen ein junger Mann, schlank und wendig, aber kräftig, mit angemessen breiten Schultern und rasend schnellen Reflexen. Die Mädchen des Instituts himmelten ihn reihenweise an, wofür er jedoch lediglich ein abfälliges Lächeln übrig hatte. Seine Aufmerksamkeit gehörte einzig und allein Vincent. Alles in allem war er glücklich – so glücklich, dass er manchmal befürchtete, er träume das alles nur.

Bis er eines Abends in sein Zimmer kam – Vincent war am Nachmittag plötzlich aus dem Unterricht geholt worden, seitdem hatten sie sich nicht mehr gesehen oder gesprochen – und entdeckte, dass der Schrank seines Freundes leergeräumt war, ebenso wie das Bücherregal über dem Bett oder Vincents Seite des Schreibtischs. Das Einzige, was er fand, war ein kleiner, unscheinbarer Zettel, der gerade noch unter der Schreibtischauflage hervorlugte.

Ben,
ich hole dich raus, so schnell ich kann. Versprochen.
Es tut mir leid,
Vince

Ben las die Zeilen wieder und wieder, ohne sie zu verstehen. Nach dem sechsten oder siebten Mal rastete der Sinn dahinter in seinem Verstand ein. Vincent war fort. Entlassen aus der Schule, irgendeinem Team zugewiesen.

Tränen brannten in seinen Augen wie ätzende Säure, heiß rollten sie über seine Wangen, ohne dass Ben etwas dagegen tun konnte – oder wollte. Ein gewaltiger Schrei bildete sich in seiner Brust und drohte, ihm den Brustkorb zu sprengen, wenn er ihn nicht ausstieß.

„NEIIIIN!“ *Vince, nein! Wo bist du? Komm zurück!* Trotz aller Anstrengung empfing er nicht den Hauch einer Antwort seines Freundes und hatte auch nicht das Gefühl, ihn zu erreichen. Aufheulend warf er sich auf sein Bett. Wut,

Enttäuschung, Angst, Einsamkeit, Hoffnungslosigkeit, Verzweiflung – all das überkam ihn mit einem Schlag, löschte das Glück und die Lebensfreude aus.

Er war allein, sein bester Freund, Geliebter und Mentor hatte ihn zurückgelassen.

Sein Traum war zerplatzt wie eine Seifenblase und das Aufwachen glich einem Sprung von einem Zehnmeterbrett mit Bauchlandung in einen Pool, der mit Beton gefüllt war.

II.

11.

Eine warme Hand, die über sein Gesicht streichelte. Sanfte Berührungen, vertrauter Geruch. Ben schlug die Augen auf und sah in Vincents dunkle Augen, die besorgt dreinblickten.

„Was ist passiert, Ben? Du hast so laut geschrien, dass ich davon aufgewacht bin."

Ben blinzelte verwirrt und brauchte eine Weile, um zu realisieren, wo er sich befand.

„Ich hatte einen Albtraum. Tut mir leid, wenn ich dich damit geweckt habe."

Vincent strich unter seinem Auge entlang, an der Nässe erkannte Ben, dass er im Schlaf geheult hatte. Okay, kein Wunder, entschied er. Der Traum war so realistisch gewesen, als erlebte er alles noch einmal und auf's Neue.

Um sich davon zu überzeugen, sich nicht jetzt gerade in einem Traum zu befinden, klammerte er sich an seinen Freund und zog ihn zu sich herunter. Bereitwillig folgte Vincent, legte sich neben ihn und schloss ihn fest in die Arme.

„Hey ... Ganz ruhig. Es ist ja alles in Ordnung."

„Du hast ja keine Ahnung ..." Verdammt, er klang fertig und verheult wie ein kleines Kind.

Vincent fuhr ihm mit den Fingerspitzen über den Rücken, so zart, dass es fast unerträglich war. Und doch war es Balsam für Bens gebeutelte Seele. Die ganzen Fragen, die er sich die vergangenen Monate über immer wieder gestellt hatte, tauchten in seinem Denken auf, darunter die brennendste, diejenige, die ihn beinahe den Verstand gekostet hatte. Er musste sie stellen, unbedingt, obwohl er vor der Antwort Angst hatte und sie eigentlich nicht hören wollte. „Hattest du in der Zwischenzeit einen anderen? Oder ... eine Freundin?"

Das war es, was in den vergangenen Monaten seine Seele gefressen hatte: Die Angst, Vincent könne ihn gegen jemand anderen austauschen und schließlich vergessen. Nun, dass zumindest das Letztere nicht passiert war, dafür hatte er inzwischen den Beweis.

Er konnte Vincents Kopfschütteln nicht sehen, weil er sich nach seiner Frage fest an seinen Freund klammerte und die Stirn in dessen Halsbeuge vergrub, aber er spürte es. Deutlich. Ein Stein fiel ihm vom Herzen, als Vincent ihn auch noch ein Stück wegschob und ihm fest in die Augen sah. Nicht der Hauch einer Lüge blitzte in den dunklen Iriden auf, als er leise sagte: „Wie kommst du darauf? Niemand könnte jemals deinen Platz an meiner Seite einnehmen."

Natürlich hätte er mit Leichtigkeit in Vincents Erinnerungen nachforschen können, und es war nicht nur der jahrelange Drill, der ihn davon abhielt. Nein, es war einfach das Bedürfnis, Vincent vertrauen zu *wollen*. Erstaunlich, dass er dazu nach wie vor in der Lage war ...

Er schmiegte sich erneut an Vincent, genoss die Nähe und Wärme des anderen Körpers, das Gefühl, endlich nicht mehr allein zu sein.

„Ich habe nicht mehr daran geglaubt, dass du mich aus dem Institut holst." Erst als die Worte seine Gehörgänge trafen, begriff er, sie wahrhaftig ausgesprochen zu haben. Wieder spürte er die Bewegung, die auf Vincents leichtes Kopfschütteln hinwies.

„Warum? Habe ich dich je angelogen?"

„Nein. Aber ich kam mir so jämmerlich verlassen vor." Das war wohl die Untertreibung des Jahres.

Sanfte Finger strichen über die nur Millimeter kurzen Haarstoppeln.

„Warum hast du sie dir abschneiden lassen?"

„Damit mich niemand mehr daran packen konnte."

„Erzähl es mir."

Ben erstarrte in Vincents Armen. „Nein. Ich will es nur vergessen. Irgendwann."

„Du kannst es nicht vergessen. Du kannst es verdrängen, wenn du dich nicht damit auseinandersetzt. Aber vergessen ... Nein, unmöglich."

Ben runzelte die Stirn. Das war nicht das, was er hören wollte, doch das war noch nie Vincents Art gewesen. Er brummte unwillig, spürte aber, wie er sich nach und nach in den Armen seines Freundes entspannte. Die bis eben noch präsenten Bilder des Traumes verblassten in seinem Geist, machten einem vage bekannten Gefühl des Vertrauens in Vincents Umarmung Platz. Mit geschlossenen Augen schmiegte er sich enger an Vince, genoss die Wärme und die Tatsache, gehalten zu werden.

Erzähl es mir. Ich muss wissen, was dir passiert ist, hörte er die dunkle Stimme in seinem Kopf. *Ich kann dir nicht helfen, wenn ich es nicht weiß.*

Konnte ihm überhaupt jemand helfen? Wobei überhaupt? Es gab nur eines, was er tun wollte: Sich an Dumont, Style und den Ausbildern rächen. Sie ebenso leiden lassen, wie er unter ihrer Fuchtel gelitten hatte.

Er holte tief Luft, dann sprudelten die Worte einfach aus ihm heraus.

*

Lautes Hämmern an der Tür riss Ben aus dem Schlaf. Es war klar, dass die Security kommen und ihn holen würde – der Unterricht hatte schließlich längst begonnen. Innerlich wappnete er sich für das, was gleich folgen mochte, und zuckte doch zusammen, als die Tür mit lautem Krachen auf- und gegen die dahinterliegende Wand flog. Zwei der Wachleute mit Ausmaßen von Kleiderschränken trampelten in den Raum, Ben setzte sich auf und verschränkte trotzig die Arme vor der Brust.

„Verschwindet!“, fauchte er, ehe einer der beiden etwas sagen konnte. Verächtliches Schnauben stellte die Antwort dar, dann wurde er an den Haaren aus dem Bett gezerrt. Alles Wehren war sinnlos, er war den Sicherheitsleuten kräftemäßig weit unterlegen, doch er schlug um sich und strampelte, um es ihnen so schwer wie möglich zu machen.

Zu seinem Entsetzen beließen sie es nicht dabei, ihn aus dem Bett zu bugsieren, nein, sie schleiften ihn aus dem Zimmer und den Gang entlang. Dabei war es ihnen anscheinend völlig gleichgültig, dass er lediglich Shorts und ein dünnes Shirt trug, seine Schlafklamotten eben. Je mehr er sich gegen diese Behandlung sträubte, desto schlimmer wurde der reißende Schmerz an seiner Kopfhaut. Es kam ihm vor, als wollten ihn die beiden skalpieren. Und sie setzten ihren Weg unbeirrt fort, bis sie ihn in den Raum befördert hatten, in dem sein Unterricht stattfand.

Dort erst ließen sie ihn los, drehten sich um und verließen den Raum im Gleichschritt. Hektisch rappelte Ben sich auf die Beine, ignorierte die belustigten Blicke seiner Mitschüler so gut er konnte und schrie der Security hinterher: „Vergesst es! Ich mache euer Spiel nicht mehr mit!“

„Das ist ja interessant zu hören.“

Ben wirbelte herum und starrte Dr. Dumont hasserfüllt an. Warum war ihm klar gewesen, dass diese Pest nicht weit sein konnte? Erneut nahm er die Trotzhaltung an.

„Vincent ist weg, warum sollte ich noch kooperieren?“

„Weil wir Mittel und Wege haben, dich dazu zu bringen.“

Dumont schien die Ruhe in Person zu sein, ein Umstand, der Ben beinahe dazu brachte, an die Decke zu gehen. Mit hocherhobenem Kopf marschierte er auf den Ausgang zu. „Das ist mir egal!“

„Wenn das so ist ...“ Wie von Geisterhand schwang die schwere Tür wieder auf. Bei dem Anblick, der sich ihm davor bot, zuckte Ben zusammen: Vier Wachleute – die kräftigsten, die er je zu Gesicht bekommen hatte – blockierten den Ausgang und schnitten ihm den Fluchtweg ab. Und als ob diese Bedrohung noch nicht deutlich genug gewesen wäre, schob sich der erste der Männer langsam durch die Tür auf ihn zu. Ben reagierte automatisch und blitzschnell. Er atmete tief ein und kniff die Augen zu schmalen Schlitzen zusammen, bis er nichts mehr als den verschwommenen Schemen des massigen Kerls wahrnahm. Gleichzeitig konzentrierte er sich und spürte dabei mächtige Energie in sich aufsteigen, die alle seine Sinne schärfte und seine *Kraft* beinahe explodieren ließ. Die Angst, die er Sekundenbruchteile zuvor verspürt hatte, wich unbändigem Hass, der sich wortwörtlich mit einem *Schlag* entlud. Gurgelndes Röcheln drang gedämpft an seine Ohren, gefolgt von einem dumpfen Knall und entsetzten Ausrufen in verschiedenen Tonarten. Ben entspannte die Lider und fokussierte das Bild vor sich: Der Wachmann lag auf dem Boden und zuckte mit dem ganzen Körper, als erleide er einen epileptischen Anfall. Eventuell traf das sogar zu – wenn der Typ Glück hatte.

Ben hatte keine Gelegenheit, den Triumph auszukosten. Unter den fassungslosen Schreien seiner Mitschüler und Dumonts hektischen Anweisungen stürzte ein weiterer Wachmann auf ihn zu, bekam ihn zu fassen und drehte ihm einen Arm auf den Rücken. Ehe Ben entsprechend reagieren konnte, spürte er einen harten Stoß zwischen den Schulterblättern und wurde wie ein Geschoss nach vorn katapultiert. Er sah die Wand auf sich zukommen, konnte jedoch absolut nichts gegen die Kollision unternehmen. Das letzte, das er spürte, war der Aufprall seiner Stirn auf dem rauen Fels, eine Schmerzkaskade, die ausgehend von seinem Schädel über die Wirbelsäule in seine Beine raste. Urplötzlich wurde alles um ihn herum schwarz und er fühlte gar nichts mehr ...

*

Krampfhaft versuchte Ben, die Augen zu öffnen. Seine Lider schienen Tonnen zu wiegen und erst nach mehreren Anläufen brachte er die Kraft auf, sie einen Spalt nach oben zu bewegen. Die Umgebung hatte keine festen Konturen, alles verschwamm vor seinen Augen, wurde stabil, verschwamm erneut im Takt des Hämmerns in seinem Kopf. Das Nächste, was sich seine Nervenbahnen entlang fraß, war der Schmerz, der sich von der Stirn aus über sein gesamtes Gesicht zog. Er wollte die Hand heben, um die brennenden Stellen abzutasten, doch nichts passierte. Heiße Panik überkam ihm – war er gelähmt? Der Versuch, den Kopf so weit zu drehen, dass er sehen konnte, was mit seinem Arm los war, schlug ebenfalls fehl. Die Panik in ihm schwoll an und schnürte ihm die Luft ab. Er spannte sich an, um sich gegen den tobenden Schmerz hin aufzurichten. Ob die Impulse ihr Ziel erreichten, konnte er nicht sagen; Fakt war, dass er sich keinen Millimeter rührte. Dafür schob sich ein unscharfes, rundliches Etwas in sein Sichtfeld.

„Bleib ruhig, Ben. Ich bin's, Jorja. Du bist schwer verletzt. Ich habe dich fixiert, damit du es nicht noch schlimmer machst, wenn du dich bewegst."

„Was ist passiert?“

„Du hast eine Kopfverletzung, Ben. Ich weiß nur noch nicht sicher, wie groß der Schaden ist.“

„Du kannst das doch heilen, oder?“ Natürlich, Jorja war eine der besten Heilerinnen, sonst wäre sie nicht hier an der Schule. Sie würde ihm die Hand auf den Kopf legen und ...

„Ich bin mir nicht sicher.“

Sämtliche Hoffnung zersprang in einem klirrenden Scherbenhaufen.

„Näheres kann ich dir erst sagen, wenn ich dich eine Weile beobachtet habe. Aber es ist ein enormer Fortschritt, dass du wach bist, Ben. Und dass du sprechen kannst. Du verstehst alles von dem, was ich dir sage?“

Im ersten Moment wollte er nicken, mit einem ergebenen Seufzen murmelte er: „Ja. Ich glaube schon.“

Verschwommen nahm er die Geste wahr, mit der sie eine Augenbraue nach oben zog. Anscheinend hatte ihr seine Antwort nicht sonderlich gefallen.

Nach und nach sanken seine Lider wieder nach unten – es war eine enorme Anstrengung gewesen, sie die kurzen Momente offen zu behalten. Zugleich spürte er kühle Finger auf seiner Stirn und das beständige Hämmern, mit dem sein Gehirn zu pulsieren schien, ließ nach. Ein wenig Hoffnung keimte in ihm auf. Wenn Jorja die Symptome der Verletzung heilen konnte, war sie bestimmt auch in der Lage, die Verletzung selbst zu heilen.

Das war der letzte klare Gedanke, den er fassen konnte, bevor sein Geist in gnädiger Schwärze versank.

*

Als er das nächste Mal aufwachte, war es viel einfacher, die Augen aufzuschlagen und offen zu behalten. Seine Gliedmaßen spürte er immer noch nicht, aber wenigstens konnte er den Kopf leicht drehen. Was er aus dieser Position entdeckte, war nicht unbedingt geeignet, seine Befürchtungen abzuschwächen: Er lag flach auf dem Rücken, die Arme seitlich ausgestreckt und festgezurrt, als hätte man ihn an ein Kreuz geschlagen. Vorsichtig und unter gewaltiger Mühsal hob er den Kopf leicht an und schielte an sich hinab. Das weiße Nachthemd, das er trug, musste wohl Eigentum der Krankenstation sein, seines war es nämlich nicht. Ab der Hüfte bedeckte ein dünner Überwurf seinen Körper, doch die undeutlichen Schemen ließen darauf schließen, dass seine Beine ebenfalls ausgestreckt und leicht gespreizt waren.

Mit einem leisen Ächzen legte er den Kopf wieder ab und starrte an die Decke. Beinahe zeitgleich drang das leise Quietschen von Gummisohlen auf dem Steinboden an seine Ohren.

„Warum sagst du nicht, dass du wach bist?“ Der milde Tadel in Jorjas Worten brachte Ben dazu, die Mundwinkel leicht nach oben zu ziehen, auch wenn ihm eigentlich gar nicht danach zumute war. Diese Fähigkeit der Heilerin, ihn trotz allem aufzubauen, war etwas Wunderbares. „Hast du Durst? Oder Hunger?“

Ben leckte sich über die trockenen Lippen. Durst, ja, den hatte er. Und wie!

Er wusste nicht, ob er ihr seine Antwort telepathisch übermittelt hatte, denn er war sich sicher, nicht akustisch gesprochen zu haben, und doch richtete sie mit einer Hand seinen Oberkörper sacht auf und hielt ihm mit der anderen ein Glas Wasser an den Mund. Gierig schluckte er, als die wohltuende Flüssigkeit über seine Zunge rann.

„So ist es gut", hörte er sie murmeln, dann verschwand das kühle Glas von seinen Lippen und er glitt sanft in das Kissen zurück.

Aus den Augenwinkeln beobachtete er, wie sie an den Bändern herumhantierte, die um seine Handgelenke geschlungen waren und die Arme in ihrer Position hielten. Noch immer machte es ihn nervös, dass er ihr zwar zusehen konnte, aber nichts von dem fühlte, was dort geschah.

„Bewegst du die Finger für mich?", fragte sie, während sie den letzten Klettverschluss mit einem unnatürlich lauten Ratschen geöffnet hatte.

Konzentriert versuchte er es – seine Arme fühlten sich an wie mit totem Fleisch gefüllte Schläuche. Tatsächlich zuckten die Finger, was ihm Mut machte.

Jorja lachte leise. „Du ziehst eine Miene, als hätte ich von dir verlangt, die Welt aus den Angeln zu heben."

„Ist das ein Wunder? Ich spüre schließlich nichts!"

„Deine Hände und Arme sind eingeschlafen, das ist alles, weil du seit Tagen in derselben Haltung liegst."

Bei dieser Eröffnung fiel Ben ein Stein vom Herzen. Also hatte er sich in seinen Wachperioden völlig umsonst aufgeregt! Tatsächlich setzte plötzlich ein Kribbeln ein, erst leicht und beinahe für eine Sinnestäuschung haltbar, und dann, als die Blutzirkulation so richtig in Schwung kam, wurde daraus ein schier nervenzerfetzender Overload, der sich schmerzhaft in seine Gliedmaßen fraß.

„Es wird gleich besser", versuchte Jorja ihn aufzumuntern. Es half nur nicht sonderlich, das Gefühl war grauenhaft.

„Kannst du mir nicht helfen?" Ob sie seine durch zusammengebissene Zähne gequetschten Worte verstand, war fraglich, aber zumindest hatte er es versucht.

„Ich kann dir nicht alles abnehmen. Es ist nicht so dramatisch, als dass du unbedingt meine Unterstützung bräuchtest."

Wut stieg in Ben auf. Verdammt, wozu saß eine gottverdammte Heilerin an seiner Seite, wenn sie nicht alles in ihrer Macht stehende unternahm, um dieses verfluchte Kribbeln zu lindern? Hatte sie überhaupt eine Ahnung, wie es ihm ging? Wahrscheinlich nicht, aber das konnte man doch ändern, oder? Auf jeden Fall!

Er brauchte sich nicht einmal wirklich zu konzentrieren, um einen Link zu Jorja herzustellen. Ihr heftiger Aufschrei bestätigte ihm, dass zumindest seine Telepathie verfügbar und einsatzbereit war, wenn schon sein restlicher Körper ihm nicht oder nur widerwillig gehorchte. Mitleidlos sah er zu, wie ihre Hände an ihren Kopf flogen und dagegen pressten, nach Luft schnappend rutschte sie von ihrem Sitzplatz an der Bettkante und kam mit einem dumpfen Laut auf dem Boden auf.

Das tobende Gefühl in seinen Armen und dem Schädel negierend, richtete er sich auf und blickte nach unten. Jorja kauerte auf dem Boden, die Arme um den Kopf geschlungen. Ben stieß die Synapsen in ihrem Hirnbereich an, der für die Neurotransmission zu ihren Gliedern zuständig war, und grinste, als sie aufjaulend die Arme sinken ließ und sie nicht wieder heben konnte.

„Ist doch nicht so schlimm ...“ Der Spott troff förmlich aus seiner Stimme. Jorja sah zu ihm auf, ihr Gesicht war tränennass. Doch nicht einmal das störte ihn. Was passierte, geschah ihr nur recht! Warum hatte sie ihm auch ihre Hilfe verweigert?

„Hör auf! Bitte ...“

Er musste sich mächtig anstrengen, um zwischen diversen Schluchzern ihre Worte zu verstehen. Nach einem letzten, kräftigen Zugriff auf ihre Nervenenden zog er sich netterweise tatsächlich zurück. Was ihm dabei auffiel, war, dass durch diese Aktion seine eigenen Schmerzen erst in den Hintergrund getreten und nun vollkommen verschwunden waren. Versuchsweise bewegte er die Finger und Hände, dann die Arme. Nichts kribbelte oder stach mehr, bis auf die Nadel, die er gerade in seiner Ellenbeuge entdeckte. Er streckte ihr den Arm entgegen.

„Nimm sie raus!“

Jorja rappelte sich in die Höhe, ging auf Sicherheitsabstand und starrte ihn mit großen, ängstlichen Augen an. Als ob das helfen würde, wenn er noch einmal in ihren Geist eindringen wollte ... Ansonsten regte sie sich jedoch nicht.

„Nimm sie raus!“, wiederholte er daher, diesmal mit etwas mehr Nachdruck.

„Nein. Wenn du wieder ohnmächtig wirst, habe ich vielleicht nicht die Zeit, dir einen neuen Zugang zu legen."

Die Wut, die vorhin so schön abgeebbt war, brandete erneut auf.

„Jorja, ich sage es dir zum letzten Mal: Zieh diese verdammte Nadel aus meinem Arm!"

Statt nach vorn auf ihn zu, machte sie behutsame Schritte nach hinten. Ben platzte der Kragen.

„Du dämliches Weib!", fluchte er, während er hektisch an den Pflastern riss, die die Nadel an ihrem Platz hielten. Es brannte, als er sich das dünne Plastikröhrchen aus der Vene zog, und zornig beobachtete er einen Tropfen Blut, der langsam über seinen Unterarm rann. Als er seine Aufmerksamkeit wieder auf Jorja richten und ihr für diese Gemeinheit einen weiteren mentalen Schlag verpassen wollte, war sie verschwunden. Wahrscheinlich hatte sie sich in ihrem Schwesternzimmer verkrochen ... Ein rascher, telepathischer Scan der Umgebung brachte die Erkenntnis, dass er sich allein auf der Krankenstation befand. Was hatte das nun wieder zu bedeuten?

Die Antwort auf diese Frage erhielt er schneller, als ihm lieb war: Die Tür flog auf, vier Securitymänner stapften in den Raum und auf ihn zu. Ehe er etwas sagen konnte, verdrehte ihm einer der Kerle die Arme auf dem Rücken, ein anderer löste die Fixierungen an den Beinen. So zerrten sie ihn vom Bett und aus dem Zimmer. Je heftiger er sich wehrte, desto höher wurde sein Arm zwischen die Schulterblätter geschoben, bis er vornüber gebeugt vor den Wachleuten her stolperte und hilflos in die Richtung geschubst wurde, in die sie wollten. Sie dirigierten ihn zu einem der Aufzüge, stießen ihn hinein und drückten zu seinem Entsetzen einen der untersten Knöpfe. Selbst ohne viel nachzudenken war ihm klar, was das hieß: Das Labor.

Dr. Style empfing ihn mit einem diabolisch breiten Lächeln.

„Du hast Jorja angegriffen, habe ich gehört? Das war ein dummer Fehler, Kleiner. Für dich jedenfalls, für mich ist es ein Glück."

Ben wollte sich nicht vorstellen, was der Wissenschaftler damit meinen könnte. Vermutlich würde er es schneller erfahren, als ihm lieb war. Dieser Gedanke war noch nicht einmal vollständig durch seinen Verstand gezuckt, als er mit Schwung auf die verhasste Liege geschleudert wurde. Bevor er wieder in die Höhe schnellen konnte, klappten die Metallfesseln um seine Gelenke und er fiel samt Unterlage nach hinten, bis seine Beine höher lagen als sein Oberkörper. Aus dieser verqueren Perspektive sah er Dr. Style sich über ihn beugen.

„Mit deiner dummen Aktion hast du dich endgültig in meine Hände gespielt. Ich habe lange darauf gewartet, einmal einen derart starken Telepathen genauestens untersuchen zu können." Aha. Das erklärte zumindest das hämische Gehabe des alten Mannes.

Ben kämpfte wider besseren Wissens gegen die Fesseln an, was das Gelächter der Wachleute und des Forschers zur Folge hatte. Die Gruppe um ihn herum blieb reglos, bis er sich so verausgabt hatte, dass sich seine Glieder wie mit Blei gefüllt anfühlten und jede noch so kleine Bewegung eine enorme Anstrengung darstellte. Noch dazu summte es enervierend in seinen Ohren, wahrscheinlich durch die verstärkte Blutzufuhr in seinem Kopf.

Gelassen breitete Dr. Style die Schienen aus, in denen Bens Arme ruhten, bis er sich in der gleichen Position befand, in der er zuvor im Bett in der Krankenstation gelegen hatte. Die Stelle, an der sich vor wenigen Minuten noch Jorjas Nadel befunden hatte, war zu einem kleinen blauen Fleck geworden, den Style nun ausnutzte, um seine eigene Braunüle in Bens Ellenbeuge zu versenken.

Ben zischte auf. Verdammt, warum musste dieser Dreckskerl ihm ständig unnötig wehtun?

Ein dünner Schlauch wurde an den Zugang geschraubt, der in einem Infusionsbeutel mit klarer Flüssigkeit endete. Kurz war Ben versucht, nachzufragen, was zum Geier ihm jetzt schon wieder eingeflößt wurde, doch er nahm sich zusammen. Solche Fragen waren früher nicht beantwortet worden, warum sollte er jetzt Informationen erhalten? Und selbst wenn – was nützte es ihm?

Das bekannte eisige Brennen setzte in seinem Arm ein und strömte rasch durch seinen gesamten Körper. Das Atmen fiel ihm zunehmend schwerer, fast war es, als läge plötzlich ein massiver Felsbrocken auf seiner Brust. Style marschierte um ihn herum und brachte Klebepads an Bens Schläfen, Oberkörper und Hand- und Sprunggelenken an. Schließlich befestigte er dünne Kabel an den Elektroden, die in Ben die größten Befürchtungen aufkeimen ließen. Zuletzt zog er eine Spritze auf und injizierte deren Inhalt in den Infusionsschlauch. Sekunden später schlief Ben ein.

*

Als er diesmal aufwachte, war es bis auf einen schmalen Lichtstreifen stockdunkel um ihn herum. Immerhin lag er nicht, sondern saß auf kaltem Boden und konnte Hände und Füße frei bewegen. Das war aber auch schon alles, wie er rasch feststellte. Der stechende Geruch, der nicht nur seine Nase, sondern auch seinen Mund auszufüllen schien und ihn würgen ließ, sagte eigentlich schon alles, doch er wollte anfangs nicht wahrhaben, wieder einmal in einer Einzelzelle zu sitzen. Sein Tastsinn belehrte ihn alsbald eines Besseren. Ungewollte Tränen stiegen ihm in die Augen. Bei einem verzweifelten Schniefen holte er aus Versehen zu viel Luft, der Ekel nahm überhand, und ohne es verhindern zu können, übergab er sich auf den stinkenden Boden. Wahrscheinlich sollte er jetzt sogar dankbar dafür sein, kaum etwas im Magen zu haben – wann er das letzte Mal etwas gegessen hatte, konnte er nicht mit Sicherheit sagen. Vielleicht hatte Jorja ihm etwas eingeflößt, wahrscheinlicher war jedoch, dass er von ihr intravenös mit Nährstoffen versorgt worden war. Wie auch immer, was jetzt aus seinem Inneren schoss, war blanke Magensäure. Und er hatte noch nicht mal einen Schluck Wasser, um sich den Mund auszuspülen und den widerlichen Geschmack loszuwerden.

Er hatte nicht die leiseste Ahnung, wie lange es dauerte, bis der schwere Riegel mit einem Schlag nach hinten geschoben wurde und die Tür aufschwang. Zu allem Überfluss blendete ihn das hereinfallende Licht, sodass er nur an der Stimme ausmachen konnte, wer vor ihm stand.

„Bereit für die nächste Runde?" Style.

Auf allen vieren kroch Ben auf das Licht zu und wurde grob in die Höhe gezerrt.

„Du stinkst erbärmlich", stellte Style eindeutig angewidert fest.

„Ach, wirklich?" Nein, sein Widerstand war längst nicht gebrochen. Die Antwort bestand in einem harten Schlag in sein Gesicht, der ihn gegen die Wand schleuderte. Schon wieder! Ben kämpfte mit seinem Bewusstsein. Dieser Aufprall war längst nicht so stark wie ... wie lange war das eigentlich her? Jedenfalls war Ben nur leicht benommen und nicht bewusstlos, während er den Gang entlang gedrängt wurde. Style brachte ihn in eine winzige Kammer, in der ein verrosteter Duschkopf an der Decke montiert war, stellte das Wasser an und schlug die Tür zu. Ben hatte nicht einmal die Gelegenheit, das Krankenhaushemd abzustreifen, da prasselte eisiges Wasser auf ihn herab. Sein erschrockener Schrei hallte von den kahlen Wänden wider.

So abrupt, wie das Wasser auf ihn herabgerauscht war, hörte der kalte Schauer auf. Zähneklappernd wartete Ben, was wohl als Nächstes geschehen würde. Die Tür wurde aufgestoßen, er erkannte Styles Silhouette im Gegenlicht.

„Kommst du freiwillig mit oder muss ich die Wachen rufen?"

Die Frage reizte Ben zum Lachen. Dachte der Kerl wirklich, er würde jemals aus freien Stücken mit ihm kommen? So dreckig konnte es ihm gar nicht gehen ...

„Nun gut. Wenn du es unbedingt auf die harte Tour willst, werden wir dir wohl zuerst deinen Sturkopf austreiben müssen.“ Style wandte sich ab und fuchtelte wild mit den Händen. Anscheinend hatte die Security bereits auf das Zeichen gewartet, denn im nächsten Moment stürmten zwei massige Männer durch die Tür. Zu dritt war kaum Platz in der winzigen Nasszelle, weshalb die Typen auch keine Probleme hatten, ihn zu fassen zu bekommen. Ben wehrte sich, so gut er konnte, doch einmal mehr hatte er keine Chance gegen die Sicherheitsleute. Eigentlich hatte er damit gerechnet, sofort in das Labor geschafft zu werden, doch auch wenn sie ihn zu seiner Überraschung in einen augenscheinlich normalen Raum brachten, fand er sich kurz darauf auf einem Untersuchungstisch wieder, der allerdings breiter als der war, auf dem er sonst zu liegen pflegte. Ein Wachmann hielt ihn mit einem groben Griff in seinem Haar in Schach, der andere zurrte einen breiten Gurt um seinen Bauch, an dem schmalere Riemen für die Handgelenke angebracht waren. Einmal mehr kippte das Brett nach unten, bis seine Füße um einiges höher lagen als der Kopf. Ben fragte sich wirklich, was das werden sollte, denn soweit er erkennen konnte, befand sich kein einziges Gerät in diesem Raum, und nur aus Spaß banden sie ihn sicher nicht auf dieses Brett ... Seine Verwirrung wuchs, als der Wärter eine Rolle Plastikfolie in sein Sichtfeld hielt und der zweite seinen Kopf anhob. Geschickt und vor allem schnell wurde die hauchdünne Folie um seinen Schädel gewickelt, sodass sie kurz darauf in mehreren Lagen seinen Mund bedeckte. Die Nase blieb jedoch frei, ersticken wollten sie ihn also nicht. Mit einem Messer bohrte der erste Securitykerl nun auch noch ein Loch in die Folie. Sämtliche Alarmglocken schlugen bei Ben an, doch er konnte sich einfach keinen Reim darauf machen, was die Wärter mit ihm vorhatten. Er bekam nach wie vor Luft, wenn auch durch das Loch im Knebel etwas mühsam. Als schließlich Tücher über sein Gesicht gelegt wurden, hätte er beinahe zu lachen begonnen. Soso, sie wollten ihm also Angst einjagen! Von dieser Foltermethode hatte er bereits im Unterricht gehört und wusste, dass keinerlei Gefahr für sein Leben bestand. Sicher würde es unangenehm werden, mehr aber auch schon nicht ...

Der erste Schwung Wasser klatschte unvermittelt und unerwartet auf sein Gesicht. Bens Nase lief voll, in seinen Nebenhöhlen baute sich ungeahnter Druck auf. Noch gelang es ihm, flach zu atmen und die Flüssigkeit aus der Nase und dem Mund zu prusten. Ruhig bleiben lautete die Devise. Kein Grund zur Sorge. Die Lunge war höher positioniert als das Gesicht, sie konnte also rein physikalisch gar nicht volllaufen ...

Ein neuer Schwall traf ihn, erwischte ihn genau in der Phase des Einatmens. Plötzlich war scheinbar sein ganzer Kopf voll Wasser, er wurde es nicht mehr los. Der Würgereflex setzte ein und verhinderte ein kontrolliertes Atmen, unwillkürlich saugte er Flüssigkeit tief in den respiratorischen Trakt. Und damit war es vorbei – von einer Sekunde auf die andere durchströmte ihn Panik, die Gewissheit, hier und jetzt zu sterben und nichts dagegen tun zu können. In Todesangst strampelte er, versuchte sich verzweifelt loszureißen, während sich sein Körper gegen den Sauerstoffmangel wehrte. Hinter seinen geschlossenen Lidern tanzten multicolorierte Punkte, vermischten sich zu einem kaleidoskopartigen Stern, der größer und größer wurde, bis er blendend grell explodierte. Ein Stich hinter seiner Stirn raubte ihm zusätzlich Kraft und Verstand. Er würde sterben, jede Sekunde konnte die letzte sein ... Das rein rationale Wissen, eben nicht ertrinken zu können, nützte rein gar nichts, die Panik nahm überhand. Seine Lungen schrien nach Sauerstoff, das Herz raste im Brustkorb, als wolle es die Rippen sprengen, alle Muskeln verkrampften sich und zuckten konvulsivisch im Todeskampf, er konnte nicht atmen, alles war voller Wasser, er ...

Die Liege kippte nach oben, das Wasser lief aus seiner Nase, mit einem Ruck wurde die Folie weiter aufgerissen, er hustete und hustete, bis nicht nur die Flüssigkeit aus seinem Rachen schoss, sondern er sich erbrach.

Zitternd hing er in den Fesseln und schluchzte haltlos. In seinen Ohren summte es und hinter seiner Stirn schien ein Maschinengewehr abgefeuert zu werden.

Ein Schlag ins Gesicht, genau zwischen Kinnspitze und Ohransatz, ließ ihn den Kopf anheben und blinzeln.

„Verstehst du mich?“ Der Wärter sprach nicht, er schrie, doch selbst das war unerheblich. Ben nickte schwach.

„Wirst du endlich kooperieren?“

Erneutes Nicken. Es war gleichgültig, was sie von ihm wollten, Hauptsache, sie ließen ihn in Ruhe. Das Einzige, was er wollte, war, sich in irgendeine Ecke zu verkriechen und allmählich zu begreifen, dass er noch immer lebte. Und nie wieder wollte er so etwas erleben. Nie wieder, scheißegal, was er dafür tun musste.

Die Gurte wurden gelöst, er stolperte von der Liege, seine Knie und Oberschenkelmuskulatur versagten, hart schlug er auf dem Boden auf. Die Kraft, sich aufzurappeln, fehlte völlig, schwach rollte er sich wie ein Fötus zusammen, zog die Arme unter das Gesicht und heulte lautlos vor sich hin. Doch lange hielt diese sichere Haltung nicht an, starke Hände umklammerten seine Oberarme und zerrten ihn in eine aufrechte Position. Hinter der Schulter eines Wachmanns entdeckte er Styles triumphierend grinsende Visage – die Übelkeit, die seit vorhin in ihm tobte, wuchs schlagartig an. Er konnte sich gerade noch beherrschen, um sich nicht auf den Overall des Sicherheitsmannes zu übergeben.

„Bringt ihn in den MRT, ich will sehen, ob sein Gehirn einen Schaden davon getragen hat", beauftragte Style die Schergen. „Anschließend kann er auf sein Zimmer."

Das war wohl die erfreulichste Nachricht seit Langem! Allein dafür riss Ben sich zusammen, richtete sich auf, unterdrückte das Zittern sämtlicher Gliedmaßen und versuchte, mit erhobenem Haupt hinter dem verhassten Wissenschaftler herzugehen. Es war nicht einfach und im Nachhinein konnte er nicht sagen, wie er es tatsächlich geschafft hatte, in den Aufzug zu gelangen, drei Stockwerke nach oben zu fahren, den endlos scheinenden Gang entlang zu wanken und sich auf die schmale Bahre zu legen, mit der er in das monströse Gerät geschoben werden konnte. Bisher hatte er sich vor derartigen Untersuchungen stets gedrückt, obwohl ihm klar war, dass nichts Schlimmes passieren würde. Ein MRT verursachte keine Schmerzen oder irgendwelche Schäden, es war nur laut. Das jedenfalls hatte Vincent ihm damals gesagt. Die Frage lautete nur: Konnte er Vincents Worten wirklich Glauben schenken, nachdem er ihn allein gelassen und somit verraten hatte? Aber selbst wenn Vincent ihn angelogen haben sollte: Was da auf ihn zu kam, war unter Garantie besser als eine weitere Runde auf dem Waterboard ...

„Ich werde dir ein Kontrastmittel injizieren", teilte Style ihm mit, bereits eine kleine Spritze mit milchigem Inhalt in der Hand haltend.

Ben streckte artig den Arm aus und zuckte bei dem Einstich nicht einmal mit der Wimper, selbst das leichte Brennen in seiner Vene nahm er gleichmütig hin. Dieses Mittel war kein Vergleich zu dem Teufelszeug, das sie ihm sonst einspritzten, also hatte er auch keinen Grund, dagegen zu protestieren.

„Gut. Mach die Augen zu und bleib ganz ruhig liegen, andernfalls verwackeln die Aufnahmen. Du rührst dich keinen Millimeter, hast du verstanden? Ich will das nicht noch mal machen müssen."

Zum wiederholten Mal nickte Ben. Der Schock über das eben Erlebte saß noch zu tief, er konnte gar nicht anders, als widerspruchlos zu tun, was von ihm verlangt wurde.

Es gab einen kleinen Ruck, mit dem sich die Bahre in Bewegung setzte. Ben hatte kurz das Gefühl, als ob er im Rachen eines Monsters verschwände, dann setzte ohrenbetäubender Lärm ein, rhythmisches Hämmern und Klacken, mal schneller, mal langsamer, und vernichtete jede weitere Überlegung. Er zwang sich, ruhig zu bleiben, gleichmäßig und flach zu atmen und sich ja nicht zu bewegen. Dieses Getöse konnte schließlich nicht endlos dauern ... Endlos nicht, aber doch eine gefühlte Ewigkeit, bis sich der schmale Tisch erneut in Bewegung setzte, diesmal in die andere Richtung. Ben atmete auf, als er die Augen aufschlug und nicht die Wand der Röhre zehn Zentimeter von seinem Gesicht entfernt anstarrte, sondern zur flackernden Neonröhre an der Felsendecke hinaufblickte.

Als er den Kopf wandte, stand Style neben ihm und blätterte in einem dünnen Hefter, runzelte die Stirn und nickte hin und wieder brummend. Ben hätte gerne gewusst, was der Wissenschaftler sich ansah, doch eine Nachfrage hätte vermutlich keine befriedigende Antwort erbracht. Also wartete er. Es dauerte nicht lange, bis Style den Hefter zuklappte und auf einen kleinen Tisch warf, der unscheinbar im Eck stand. Noch immer wagte Ben nicht, sich zu bewegen, auch nicht, als sich der Mann über ihn beugte und ihm fest in die Augen starrte. Nach wenigen Momenten leuchtete er ihm zusätzlich mit einer dünnen Lampe in die Pupillen. Ganz automatisch kniff Ben die Lider zusammen, was einen Schlag in sein Gesicht zur Folge hatte.

„Offenlassen!“

Angestrengt riss er die Augen auf und fixierte den hellen Lichtstrahl, bis Style die Taschenlampe endlich ausschaltete, sich neben ihn auf die Kante der schmalen Liege setzte und ihn nachdenklich betrachtete.

„Es wird dir voraussichtlich nichts sagen, aber durch die letzten Ereignisse hast du eine Schädigung des orbitofrontalen Cortex erlitten. Das hört sich jetzt wahrscheinlich schlimmer an, als es in Wahrheit ist."

Ben hatte nicht die geringste Ahnung, was und wo dieser ominöse Was-auch-immer war, geschweige denn, welche Folgen eine Schädigung desselben darstellten. Allerdings hatte er das Gefühl, irgendetwas sagen zu sollen.

„Aha? Was genau bedeutet das?"

„Du hast dir bei deinem Flug gegen die Wand eine Prellung des frontalen Stirnlappens zugezogen. Das hat allerdings keine schweren körperlichen Auswirkungen auf dich. Du wirst in Zukunft vielleicht leichter Kopfschmerzen bekommen oder dich nicht mehr ganz so gut konzentrieren können, das ist aber auch schon alles. Kein Grund zur Sorge."

Irgendwie hatte Ben das Gefühl, dass das nur der Gipfel des Eisbergs war, sozusagen, und dass Style ihm das Wesentlichste verschwieg. Wobei selbst *Kein Grund zur Sorge* bereits eine mächtige Untertreibung darstellte, schließlich lag der Schlüssel zu seinem PSI und dessen Kontrolle in der Fähigkeit zu einwandfreier Konzentration.

„Und dafür das ganze Trara mit Jorja und dieser Untersuchung? Nur weil ich in den nächsten Tagen Kopfschmerzen haben könnte?" Deutlicher konnte und wollte er seine Zweifel nicht ausdrücken, ohne sich den Zorn der Institutsleitung auf sich zu ziehen.

„Nun, jetzt wissen wir wenigstens genau, womit wir es zu tun haben und auf was wir in nächster Zeit bei dir achten müssen."

Dieses Drumherumgerede fachte Bens Temperament an, er fühlte, wie sein Wutpegel rasch anstieg. Ohne an die Folgen zu denken, setzte er sich auf und funkelte den Mann an.

„Bullshit!" Damit sprang er von der Liege, stapfte aus dem Raum und warf die Tür hinter sich zu. So ein Schwachsinn, was der Kerl da erzählte! Er würde sich im Computerraum an einen der Rechner setzen und selber Nachforschungen anstellen. So konnte er sich auf das verlassen, was er erfuhr. Aber erst brauchte er Ruhe und Erholung von all dem, was ihm in den letzten Tagen und besonders heute widerfahren war. Dringend.

Mit letzter Kraft schleppte er sich in sein Zimmer, ausnahmsweise unbehelligt von patrouillierenden Wachposten, und stürzte erledigt auf sein Bett. Oh Gott, ein Bett, kein stinkender, dreckiger, kalter Kerkerboden, sondern wahrhaftig seine eigene Schlafstätte. Er wandte den Kopf, um zu dem verwaisten Schlafplatz zu sehen, den vor kurzer Zeit noch Vincent bewohnt hatte. Mit dem Gedanken an seinen Freund schlief er ein.

*

Der nächste Tag – Ben schätzte zumindest, dass er nur den Rest des Tages und die Nacht durchgeschlafen hatte – brachte während der Mittagspause neue Erkenntnisse. Das

Essen machte ohne Vincent keinen Spaß und bisher hatte sich kein neuer Tischnachbar zu ihm gesellt. Voraussichtlich hätte er auch jeden vertrieben, der es gewagt hätte, Vincents Platz am Tisch einzunehmen. Daher stocherte er lustlos in der pampigen Masse, gab schließlich auf, etwas in den Magen bekommen zu wollen, und machte sich auf den Weg zu den Computern. Nach einigen Fehlversuchen, da er nicht genau wusste, wie man den Begriff schrieb, den Style ihm gestern genannt hatte, erschien endlich ein halbwegs verständlicher Text auf dem Monitor:

Orbitofrontaler Cortex: Dieser Hirnteil wird mit Persönlichkeitseigenschaften und der Fähigkeit zur Emotionsregulation in Verbindung gebracht.

Bei Schädigungen des orbitofrontalen Cortex oder damit assoziierter Hirnareale kann es zu unterschiedlichen Verhaltensauffälligkeiten kommen. Man spricht auch von neuropsychiatrischen Störungen. Die Fachliteratur unterscheidet zwischen inhibitorischen und disinhibitorischen Symptomen. Diese können wiederum auf verschiedenen Ebenen beschrieben werden. Welche Symptomkonstellation auftritt, hängt von Ausmaß und Art der frontalen Hirnschädigung ab. Als grobe Unterteilung gilt die Unterscheidung eines oberen gegenüber eines unteren Frontalhirnsyndroms, wobei das obere Frontalhirnsyndrom im Wesentlichen durch die Antriebsarmut gekennzeichnet ist (inhibitorisch), während sich das untere Frontalhirnsyndrom hauptsächlich durch Störungen des Affekts und der Kritikfähigkeit auszeichnet (disinhibitorisch).

Okay, zumindest hatte Style nicht gelogen, als er gesagt hatte, die Sache hätte keine schwerwiegenden körperlichen Auswirkungen für ihn. Alles andere aber war nicht unbedingt geeignet, seine Befürchtungen zu zerstreuen. Was sollte er mit diesen Informationen anfangen, die er für sich allein nicht auswerten konnte? Das Bedürfnis, mit jemandem reden zu können, sich austauschen zu können, wurde übermächtig. Zum ersten Mal seit Vincents Abgang spürte er die Einsamkeit auf sich lasten wie eine viel zu schwere Bürde, etwas, das ihm nicht nur psychisch, sondern auch physisch enorm zu schaffen machte.

Mit dem Gefühl, allein in einem leeren Raum zu schweben, legte er die Arme auf die Tischplatte, bettete seinen Kopf darauf und bemühte sich, nicht dem Heulanfall nachzugeben, der sich in seinem Inneren aufbaute. Gewaltsam kämpfte er ihn nieder und als er seine Fassung wiedererlangt hatte, hob er stolz das Kinn an und strich sich die Haare aus dem Gesicht. Diese Bewegung brachte einen Einfall zurück, den er in den vergangenen Tagen gehabt und wieder vergessen hatte: Niemand sollte ihn mehr an seiner Mähne packen und herum schubsen können.

Entschlossen stand er auf und marschierte schnurstracks in eines der oberen Stockwerke, wo sich der Friseur befand. Einen Augenblick lang tat es ihm leid um den langen Schopf, auf den er so stolz gewesen war, dann gab er die Anweisung, seine Haarpracht bis auf wenige Millimeter über der Kopfhaut abzuscheren. Mit skeptischem Gesichtsausdruck machte sich der Friseur ans Werk, kurze Zeit später lagen die Strähnen wie tote Schlangen um den Stuhl herum auf dem Boden. Seufzend strich Ben sich über die weichen Stoppeln. Eigentlich hatte er sich ja geschworen, nie wieder wie ein geschorenes Schaf aussehen zu wollen. Das hier war jedoch nur ein Mittel zum Zweck und bestimmt nicht von Dauer. Sobald er aus diesem Rattenloch herauskam, würde die Mähne wieder wachsen.

*

Seine Klassenkameraden tuschelten grinsend, als er das Klassenzimmer betrat, in dem seine nächste Unterrichtsstunde abgehalten werden sollte. Er konnte sich vorstellen, was er für ein Bild abgab: blass, kahl, magerer als sonst. Es war auch nicht das erste Mal, dass eindeutig über ihn geredet wurde – aber es war das erste Mal, dass es ihn ankotzte.

„Wenn ihr was zu sagen habt, dann sagt es mir doch ins Gesicht, ihr feiges Pack!", rief er der kleinen Gruppe zu, die sich am anderen Ende des Raumes versammelt hatte. „Na los, kommt schon! Ich nehm's mit jedem von euch auf!"

Unruhig tippte er mit der Fußspitze auf den Boden und widerstand dem Drang, wie ein eingesperrter Tiger nervös hin und her zu laufen. Er war noch nie einer der Ruhigsten gewesen, aber dieser extreme Bewegungsdrang innerhalb der Klasse war selbst für ihn ein Novum. Im Grunde wünschte er sich nichts sehnlicher, als dass einer seiner Kollegen die Herausforderung annahm, denn dann hätte er eine hervorragende Gelegenheit gehabt, den ganzen Frust, die Angst und Verzweiflung an ihm auszulassen und ihn fachgerecht in sämtliche Einzelteile zu zerlegen. Aber keiner dieser feigen Schlappschwänze tat ihm den Gefallen. Dafür betrat der Lehrer den Raum und verhinderte damit einen möglichen Angriff. Ben hätte ihm dafür mit Freuden den Hals umgedreht.

„Setzt euch!"

Setzen? Stillhalten? Nein, das war so ganz und gar nicht nach Bens Geschmack. Trotzdem befolgte er den Befehl, konnte sich allerdings nicht davon abhalten, unter dem Tisch mit den Beinen zu wippen und mit den Fingern auf der Tischplatte zu trommeln. Kaum begann der Ausbilder, das heutige Thema zu erläutern, biss Ben sich kräftig auf die Unterlippe, um einen mächtigen Lachanfall unter Kontrolle zu bringen. Er hatte das kleine Männchen noch nie für voll genommen; für ihn war die Vorstellung, dass dieser Kerl ihm etwas über Telepathie erzählen wollte, der Gipfel der Lächerlichkeit. Ben überlegte ernsthaft, ob er eine kleine Machtdemonstration an seinem Lehrer ausüben sollte. Damit bliebe ihm in Zukunft wohl solcher Unsinn wegen Ausschluss aus der Klasse erspart. Andererseits war er sich sicher, für eine derartige Aktion wieder im Bau zu landen ... Verfluchtes Dilemma!

Das Trommeln seiner Fingerspitzen auf der Tischplatte wurde lauter, nahm den Rhythmus der Sprechweise des Lehrers an, bis der ihm mit einem dünnen Zeigestock auf den Handrücken schlug. Aufzischend starrte Ben den älteren Mann wütend an. Er war so in seine Gedanken versunken gewesen, dass er ihn nicht näherkommen bemerkt hatte. Mist, verdammter! So etwas durfte nicht mehr passieren! Hastig zog er die Hand vom Tisch, schüttelte sie unter der Tischplatte aus und rieb sich über den schmerzenden Striemen. Oh, das würde diese kleine Mistratte irgendwann bereuen! Er freute sich bereits auf den Tag, an dem er ihm das Gehirn wie eine überreife Pampelmuse platzen lassen würde ...

Genervt versuchte er, sich von seinen Rachefantasien zu lösen und stattdessen dem Vortrag zu folgen. Herr im Himmel, hatte der Typ überhaupt eine Ahnung von dem, was er da erzählte? Ben verkniff sich ein Lachen, doch als der Knilch zum Thema „Mentale Übernahme“ kam, das auch noch als beachtliche Leistung hinstellte und Ben bemerkte, wie fasziniert die restlichen Schüler an den Lippen ihres Lehrers hingen, konnte er sich nicht mehr beherrschen. Wildes Gelächter unterbrach den Monolog und zog alle Blicke auf Ben. Lachtränen liefen ihm über die Wangen und je mehr er den Lachflash stoppen wollte, desto stärker wurde er. Oh Gott, diese kleinen, ahnungslosen und minderwertigen Möchtegerntelepathen! Sie würden nie auch nur annähernd sein Level erreichen!

Vor der Tafel setzte empörtes Geschimpfe ein, das trotz zunehmender Lautstärke nicht gegen sein Gelächter ankam. Wutschnaubend stampfte der kleine Kerl auf ihn zu, das Gesicht puterrot vor Zorn. Ben lag halb auf dem Tisch und bekam kaum noch Luft vor Lachen und es wurde schlimmer, je weiter sich der Mann ihm näherte. Dann spürte er einen festen Griff im Nacken, sein Gelächter verebbte von einer Sekunde auf die andere und machte einer unbändigen Aggression Platz. Blitzschnell *schlug* Ben zu.

„Fass mich *nie* wieder an, du kleine Ratte!"

Entsetzen zeichnete sich auf der Miene des Lehrers ab, als er sich die Hand vor Mund und Nase schlug, doch es war zu spät, Blut sickerte durch seine Finger hindurch. Ben festigte seinen mentalen Griff erbarmungslos, den Blick starr auf den alten Mann gerichtet, der mit einem gurgelnden Ächzen auf die Knie fiel. Irgendein Mädchen schrie panisch, Schüler sprangen auf. Diverse Gedankenströme prasselten auf Bens Geist ein, einige davon wollten ihn beruhigen und lähmen, andere angreifen. Solche Idioten, als ob man ihn mit derartigem Kinderkram aufhalten könnte!

Der Lehrer kippte röchelnd zur Seite weg, Ben hob langsam den Kopf und sah seine Mitschüler warnend an. Die Meute wich entgeistert zurück, der Ansturm auf seinen Verstand nahm wuchtigere Formen an. Ohne zu überlegen, richtete er seine Kraft gegen die Angreifer. Erneut gellten Schreie durch den Raum, die Tür wurde aufgerissen, schwächere Schüler flüchteten. Ts, was für Versager! Ben lachte kalt auf. Da demonstrierte man ihnen, was wirkliche Macht war, und sie verkrochen sich heulend in ihre Löcher ...

Ein Securitykerl tauchte in der Tür auf, dann ein zweiter. Sollten sie nur kommen, sie würden ihr blaues Wunder erleben!

Etwas in der Hand des ersten Wachmanns blitzte metallisch auf, Ben spürte einen dumpfen Schlag gegen die Schulter, fast augenblicklich setzte Müdigkeit ein. Er konnte sich nicht mehr bewegen, nicht mehr konzentrieren. Der mentale Strom fiel in sich zusammen. Seine Beine wurden weich und gaben nach, er konnte sich gerade noch auf seinem Tisch abstützen. Jede Bewegung fühlte sich an wie ein Marsch durch hüfthohen Treibsand – anstrengend und langsam, kaum zu bewältigen. Die Securityleute packten ihn links und rechts, er wollte sich wehren, konnte es aber nicht. Wie eine Marionette ohne Fäden hing er in ihrem Griff und musste machtlos miterleben, wie sie ihn aus dem Zimmer schleiften, den Gang entlang, vorbei an einem tuschelnden Spalier aus Schülern.

*

Unwesentlich später fand er sich auf dem verhassten Laborstuhl wieder, halb entkleidet, ausgebreitet und fixiert. Die Kraft kehrte in seine Muskeln zurück, nur nützte ihm das nun nichts mehr. Die breiten Lederriemen um seine Hand- und Fußgelenke verhinderten jede Bewegung effektiv.

Dr. Style trat böse grinsend in sein Sichtfeld.

„Du hast es übertrieben, Ben. Damit geht dein schlimmster Albtraum in Erfüllung – ich habe die Genehmigung, weitere Testreihen an dir durchzuführen. Dein Gehirn spricht ungewöhnlich auf die Mittel an, wie das MRT ergeben hat, und ich will wissen, warum. Die Fähigkeiten, die du hast, dürftest du in dem Ausmaß gar nicht besitzen."

Ein scharfer Stich in seinen Hals begleitete die Ausführungen des Wissenschaftlers. Ben zischte auf. Was da mit ihm geschah, entzog sich weitgehend seiner Sicht, nur aus den Augenwinkeln erkannte er den Schemen eines Infusionsschlauchs, durch den giftgrüne Flüssigkeit rann. Das Gefühl, als würde er von innen her verbrennen, fraß sich seine Adern entlang. Ben biss die Zähne aufeinander. Nicht schreien. Nicht mal zusammenzucken. Er wollte diesem Mistkerl nicht die Genugtuung geben, zu sehen, dass er Höllenqualen litt.

„Was ist das?" Die Worte kamen gequetscht und undeutlich über seine Lippen.

„Eine chemische Verbindung, deren Formel dir nichts sagen wird. Für dich dürfte nur interessant sein, dass das Mittel die Spiegelneuronen und die dazugehörigen Synapsen zu wahren Nestern wachsen lässt."

Es dauerte einen Moment, bis Ben die Informationen für sich sortiert hatte. Style sagte ihm nichts anderes, als dass seine Telepathie künstlich weiter verstärkt wurde. Nun, das war nichts Neues, das geschah seit Jahren. Allerdings war das, was gerade in seinen Blutkreislauf tröpfelte, nicht die dafür übliche Flüssigkeit.

Style begann, Elektroden an Bens Kopf zu befestigen, und ganz automatisch zählte Ben mit. Vierundzwanzig – doppelt so viele wie sonst.

„Du hast die Ehre, die erste Testperson einer völlig neuen Forschungsreihe zu sein", erklärte Style, während er den letzten Klebepad auf Bens Stirn festdrückte. „Eine neue Form der EEG-Messung, passend zu dem neuen Neuronenverstärker", erzählte er mit gut hörbarem Stolz in der Stimme. „Von mir entwickelt und bisher leider nur an wenigen Probanden getestet. Die haben allerdings nie sonderlich lange durchgehalten. Ich hoffe, du hältst ein bisschen mehr aus als die anderen Versager."

Ben drehte sich der Magen um. Jetzt war er tatsächlich nur noch ein Versuchskaninchen ...

Das Brennen in seinem Inneren weitete sich aus, zerrte an jedem Nerv, bis nichts anderes mehr in seinem Verstand vorherrschte. Jeder bewusste Gedanke drehte sich nur noch darum, wurde dabei zäher und träger, schwerer zu fassen, bis Bens Gehirn beschloss, auf Stand-by zu gehen. Von einer Sekunde auf die andere wurde es schwarz um ihn herum.

*

Rasende Kopfschmerzen weckten ihn, doch als er die Augen aufschlug, war es immer noch dunkel um ihn herum. Und kalt. Er lag zusammengekauert auf hartem, stinkendem Stein. Wilde Verzweiflung machte sich in ihm breit, als er begriff, wo er sich befand. Wieder diese verdammte Einzelzelle ...

Es dauerte nicht lange, bis sich der übliche Durst einschlich. Seine Zunge lag wie ein pelziger Klumpen in seinem trockenen Mund. Er raffte sich auf, orientierte sich durch vorsichtiges Tasten mit den Händen, bis er die viel zu nahen Wände und die Stahltür ausgemacht hatte. Als er sich hinsetzen wollte, stieß er mit dem Kopf gegen die Decke. Verdammt, wie klein würde die Gruft noch werden, in die sie ihn warfen? In den letzten hatte er wenigstens noch sitzen können ... Wieder rollte er sich zusammen, verdrängte den Ekel, der unweigerlich in ihm aufkam, als er sich vorstellte, in welchem Dreck er gerade liegen mochte, und kämpfte gegen die wütenden Tränen, die in seinen Augen und seiner Nase brannten. Nein, er würde nicht heulen. Auf keinen Fall, selbst wenn sie ihn hier verrecken lassen wollten. Sollten sie doch! Vielleicht brachte ihn Styles Gebräu schneller um, als alle vermuteten. Seine Gedanken wanderten zu Vincent. Sein Freund hatte wohl keine Chance mehr, sein Versprechen wahr zu machen. Hier kam er nicht mehr heraus. Style würde ihn nicht mehr gehen lassen – seine kostbare Laborratte.

Ben lachte laut auf. Was für eine Verschwendung! Ein herausragender Telepath verrottete in einem Verlies, das nicht einmal die Größe einer Hundehütte hatte. Wie viele gab es auf der Welt, die an seine Macht auch nur ansatzweise herankamen? War das vielleicht sogar der Grund? Hatten die Oberen Angst vor seiner Fähigkeit? Er stellte sich die Panik in den Augen seiner Ausbilder und der Wissenschaftler vor, wenn er Gelegenheit hätte, freizukommen und sich an den Leuten zu rächen. Oh ja! In seinem Verstand wurde dieses Szenario Realität und trug ihn fort von diesem gottverlassenen Ort. Wie ein Racheengel wütete er unter den Monstern, die ihn quälten und ...

Die Tür wurde aufgerissen, helles Licht blendete ihn, doch bevor Ben sich bewegen oder auch nur ein Wort sagen konnte, traf ihn ein eisiger, harter Wasserstrahl. Automatisch wollte er ausweichen, stieß gegen die Mauer, schlug sich den Kopf ein weiteres Mal an der Decke an, sodass

Sternchen vor seinen Augen tanzten. Der Wasserstrahl hörte nicht auf, traf ihn im Gesicht, Ben verschluckte sich und hustete wild gegen den kalten Schwall an. Schnell warf er sich nach vorn, bis er erneut auf dem Boden lag, und schützte seinen Kopf mit den Armen. Das Wasser brannte sich so nur schmerzhaft in seinen Rücken. Und dann endete es so plötzlich, wie es angefangen hatte, die Tür fiel mit lautem Hallen zu. Er lag wieder im Dunkeln, klatschnass auf ebenso nassem Stein, und klapperte mit den Zähnen. Die Kälte wurde durch die Nässe verstärkt und es gab keine Chance, dass er demnächst wieder trocknete. Ein Muskel nach dem anderen verkrampfte sich schmerzhaft in der Kälte, Nerven wurden eingequetscht und schickten Kaskaden von Impulsen an sein Gehirn. Ben stöhnte gequält auf. Er konnte sich nicht ausstrecken, seine Haltung kaum verändern – und selbst wenn, hätte ihm das nichts gebracht. Die Temperatur lag schätzungsweise bei knapp sieben Grad plus. Zu warm, um seinen Körper taub werden zu lassen, kalt genug, um ihm die größtmögliche Pein zu bereiten.

*

Als die Tür das nächste Mal aufging, wurde Ben herausgezerrt. Mittlerweile war er so steif, dass er nicht einmal selbstständig aufstehen, geschweige denn sich auf den Beinen halten konnte. Jede Berührung mit fremder warmer Haut brannte wie Feuer auf seiner eigenen. Es waren nur wenige Schritte bis zum Labor, und doch kam ihm der Weg unendlich lang vor. Der Stuhl, Fesseln an Armen und Beinen, die Nadel in seiner Halsschlagader, die Elektroden an seinem Kopf. Zusätzlich ein Schlauch, den man ihm durch die Nase in den Magen schob und durch den ein dickflüssiger Brei floss. Style, der wie hypnotisiert auf den Papierstreifen starrte, den das EEG-Gerät ausspuckte.

„Unfassbar!“, murmelte der Mistkerl immer wieder begeistert.

Diesmal dauerte es länger, bis Bens Gehirn beschloss, sich abzuschalten. Wieder erwachte er in dem Verlies.

Mit jedem Zeitabschnitt, der so verging – Ben hatte keine Ahnung, in welchen Abständen er aus der Zelle geholt wurde, allerdings hatte er das Gefühl, dass es immer länger dauerte – wurde ihm gleichgültiger, was mit ihm geschah, nur der Wunsch, es möge für ihn bald alles vorbei sein, wuchs ins Unermessliche. Dann kam der Moment, an dem man ihn aus der Zelle holte und nicht zu Doc E. Style brachte, sondern zu Dumont.

*

Ben drehte sich in Vincents Arm. Während seiner Erzählung hatte er zu jeder Sekunde Vincents Blick auf sich gespürt, auch wenn er ihn nicht gesehen hatte. Vincent schwieg, doch Ben fand Betroffenheit und Erschütterung in dem so vertrauten Gedankenmuster.

„Ich kann dir nicht sagen, wann wir so weit sein werden“, murmelte Vincent nach einer gefühlten Ewigkeit und einem heiseren Räuspern. „Aber eines Tages werden wir zum Institut zurückkehren – und ihnen heimzahlen, was sie uns angetan haben. Ich verspreche es dir. Aber bis dahin müssen wir tun, was die Organisation von uns erwartet."

„Und was ist das?"

„Ihre Aufträge zu erledigen. Morgen fliegen wir nach Costa Rica. Dort wartet eine nette Einstiegsaufgabe in Form eines ehemaligen MoStar-Schülers auf uns, den wir ausschalten sollen. Oder besser gesagt: Den du ausschalten sollst. Ich bin nur Backup und Koordinator, weil ich erst einmal wissen will, wie stark du tatsächlich bist."

Obwohl Ben sich bemühte, er konnte das Lächeln nicht aus seinen Mundwinkeln zwingen. Vincent hatte genau die richtige Herausforderung für ihn an Land gezogen.

„Werden wir dafür eigentlich bezahlt?"

Vincents dunkles Lachen drang warm an seine Ohren.

„Besser, als du dir vorstellen kannst."

Das Lächeln auf seinem Gesicht wuchs sich zu einem Grinsen aus, trotzdem hatte er noch eine Frage: „Lässt du mich wieder allein?"

Vincent rollte sich über ihn und gewährte ihm aus nächster Nähe einen Blick in seine Augen. Das Gewicht auf sich ließ Ben schmelzen wie Wachs in der Sonne. Wie sehr hatte er sich danach gesehnt ...

„Wenn ich es verhindern kann, nicht", murmelte Vincent, senkte den Kopf und küsste ihn, tief, innig, verlangend. Bens Körper erinnerte sich an alles, was je mit solchen Küssen angefangen hatte, und reagierte fast augenblicklich. Mit einem leisen Stöhnen schlang er die Arme um Vincents

Hals und seine Beine um dessen Unterschenkel, während sich ihre Zungen ein berauschendes Duell lieferten.

Die Aufgabe, die vor ihm lag, erfüllte ihn mit Vorfreude und einem irrationalen Ziehen in seinen Lenden. Mit dem Mord an einem ehemaligen Institutsschüler würde sein Leben endlich richtig beginnen.

Ende Part 1

Lena Seidel

Pet Shop

Leseprobe:

Langsam schlenderte er auf die jungen Männer zu und musterte sie aufmerksam. Sie sahen wirklich erbärmlich aus. Wahrscheinlich hatte keiner von ihnen mit derart heftigem Regen gerechnet, auch wenn er sich allmählich in leichtes Tröpfeln verwandelte.

Während Chris an ihnen vorbeiging, schoben manche der Jungs ihr Becken vor, als wollten sie ihn auf diese Weise auf ihre Bestückung aufmerksam machen, der eine oder andere flüsterte ihm anzügliche Lockangebote zu.

Bei näherer Betrachtung entsprach keiner von ihnen seinem Typ – sofern er einen gehabt hätte. Er wollte sich gerade umdrehen und zurück zu seinem Wagen laufen, als ihn ein Lächeln erreichte, das geeignet war, ihn vom Hocker zu hauen. Wie hypnotisiert ging er auf den jungen Mann zu und musterte ihn dabei intensiv. Schulterlange dunkelbraune Haare, die ihm in nassen Wellen im Gesicht klebten. Grüne Augen, die leicht schräg im ebenmäßigen Gesicht standen. Schlank, aber nicht dürr. Zerrissene Jeans und ein weißes Shirt, das durch die Nässe allmählich durchsichtig wurde.

Ihm schoss die Frage durch den Kopf, wie der Kleine wohl hier gelandet sein mochte. Er verwarf sie wieder, es war nicht wichtig.

„Wie viel?" Kaum hatte er die Frage gestellt, ohrfeigte er sich gedanklich. Schwachsinn, sich nur aus einer frus-

trierten Laune und gefahrensüchtiger Neugier heraus einen Stricher ins Bett holen zu wollen … Aber gut, er konnte die Verhandlung jederzeit abbrechen, sich in seinen Wagen setzen und nach Hause fahren, wie er es ursprünglich vorgehabt hatte. Dann hätte er wenigstens erfahren, was die Jungs so im Allgemeinen verlangten.
Für einen Augenblick wirkt der Junge, als hätte er ihn aus einem Tagtraum gerissen.
„Kommt drauf an, was du magst. Hundertzwanzig die Stunde, die ganze Nacht fünfhundert. Sonderwünsche kosten extra." Der Klang der Stimme jagte ihm einen heißen Schauer über den Rücken.
Trotzdem waren fünfhundert Gal ein schöner Batzen. Nicht, dass er es sich nicht leisten könnte. Im Gegenteil. Doch eigentlich war er gerade so weit gewesen, allein zu verschwinden, oder? Er stockte und wollte den Kopf schütteln. Nein. Er bezahlte für gewöhnlich nicht für Sex. Weder hundertzwanzig, noch fünfhundert. Irgendetwas an der Art des durchnässten Strichers hielt ihn jedoch davon ab, ohne Begleitung zu seinem Wagen zurückzukehren, einzusteigen und zu fahren.
„Okay. Fünfhundert." Erst als er den Mund wieder zu klappte, realisierte er, was er im Begriff war zu tun. Am liebsten hätte er sich an den Kopf gefasst. Er schien dringend Urlaub zu brauchen, wenn sich seine Handlungen so sehr von seinen Gedanken unterschieden … Der Stricher sah ihn abwartend und irgendwie hoffnungsvoll an, und Chris spürte, wie Mitleid für den Jungen in ihm aufwallte. Es war sicher kein Vergnügen, bei diesem Wetter auf Kundenfang gehen zu müssen … Er deutete mit dem Kopf zu dem flachen, schnittigen Wagen.
„Kommst du mit?"

Als der Stricher das Auto betrachtete, hob er beeindruckt eine Braue und sein Lächeln vertiefte sich.
„Das kostet hundertfünfzig extra. Normalerweise gehen die Kunden mit mir auf mein Zimmer."
Chris atmete tief durch. Irgendwie war ihm die Preiserhöhung bei dem Blick auf sein Gefährt klar gewesen … Sein Wagen hatte Seltenheitswert – benzinbetriebene Autos waren vor einer halben Ewigkeit von Elektromobilen abgelöst worden. Die ihrerseits vor einigen Jahren von Solargleitern verdrängt worden waren. Der Unterhalt und vor allem der Kraftstoff für den Sportwagen kosteten ein Vermögen, was der hübsche Kerl vor ihm unter Garantie wusste.
Aber er war schon so weit gekommen, sollte es nun an einer Kleinigkeit scheitern? Zumal in ihm inzwischen, neben der Neugier, auch eine gewisse Lust aufwallte, der heimliche Wunsch, wieder einmal mit einem Mann im Bett zu liegen.
„In Ordnung. Komm." Im Gehen fischte er den Schlüssel aus der Hosentasche, entriegelte den Wagen per Knopfdruck und ließ die Türen nach oben gleiten. Bevor er in das Fahrzeug stieg, zog er sich die Jacke aus, um die Rückenlehne nicht zu durchnässen. Geschmeidig setzte sich der junge Mann auf den Beifahrersitz und griff nach dem Gurt, während Chris den Motor startete.
„Ich bin Dean."
Chris wandte überrascht den Kopf. Das hatte freundlich und verführerisch zugleich geklungen. Ein kleines Lächeln bog seine Mundwinkel nach oben.
„Ich heiße Chris." Damit fuhr er los. Den Blick behielt er brav auf die Straße gerichtet – alles andere wäre trotz des kaum nennenswerten Verkehrs selbstmörderisch gewesen.

Mary Bathory

Der Seelendieb

Sigrid Lenz

Der Duft der Omega-Wölfe

Unser Programm auf
http://www.deadsoft.de